石稼先生/著

老 树/绘

风花雪阅

九州出版社 全国百佳图书出版单位

图书在版编目（CIP）数据

风花雪阅 / 石稼先生著；老树绘. -- 北京：九州

出版社，2025.4. -- ISBN 978-7-5225-3708-5

Ⅰ. I267.1

中国国家版本馆 CIP 数据核字第 2025P1E233 号

风花雪阅

作　　者	石稼先生　著　　老树　绘	
责任编辑	关璐瑶	
特约编辑	殷芳	
出版发行	九州出版社	
地　　址	北京市西城区阜外大街甲 35 号 （100037）	
发行电话	（010）68992190/3/5/6	
网　　址	www.jiuzhoupress.com	
印　　刷	鑫艺佳利（天津）印刷有限公司	
开　　本	710 毫米 × 1000 毫米　16 开	
印　　张	15.75	
字　　数	199 千字	
版　　次	2025 年 5 月第 1 版	
印　　次	2025 年 5 月第 1 次印刷	
书　　号	ISBN 978-7-5225-3708-5	
定　　价	69.00 元	

我的"风花雪月"就是折腾

杨锦麟 [*]

我的好友石稼先生发来他和老树合作出版的书稿《风花雪阅》，希望我能写个序。石稼先生和老树都是我多年好友，几次推托不便作序，无奈石稼兄一再请托，希望我能写点什么，盛情之下，却之不恭，唯有提笔，奉命写序。

年轻时喜读书，也喜欢做读书笔记，摘抄的多半是积极向上励志的话语片段，饥肠辘辘时，也算是一种苦难情境下的"精神食粮"。那些书籍和笔记多半在迁徙移居漂泊四方的人生旅途中丢失，遗落四处，能记得住的、印象深刻的，不外乎"天行健，君子以自强不息""在命运的迎头痛击下，头破血流但仍不回头""开弓没有回头箭"，等等，这都是大时代给一个微不足道的个体生命留下的点滴印记。

我生在20世纪50年代，老树先生是60年代，石稼先生是70年代。这三代人有个共同的特征，就是都有所谓"正统"的背景，也有大时代影响下对"正统"的困惑。"正统"变与不变的复杂交织，构成了这三代人的冲

---

* 杨锦麟：资深媒体人，时事评论员，历史文化学者，知名华语视频自媒体"老杨到处说"主理人，香港锦绣麒麟传媒创始人兼董事长。

突型人格，这其中既有对"正统"的坚守，也有对现实"正统"的不满，还有觅求心目中理想"正统"的冲动，且有时执着得像个孩子似的要探寻那个心中桃花源般的"正统"。我的"桃花源"除了"正统"，再就是不断折腾，折腾出人生的多姿多彩，折腾出诸多的成功失败，关键还在于这种折腾让人乐此不疲。

2014 年，我在"喧嚣与真实"的拙见年度盛典上曾疾呼："我们这一代人的粗鲁应该有一个告别仪式，我们下一代不应该像我们这样痛苦地活着。"我想说的是人生走到一定阶段后，总希望能有什么经验、宝典之类的东西借助文字、音像、图画、书法等载体，以一定方式分享给下一代，让他们不再延续我们的痛苦，更不再有我们这一代人的粗鲁、虚伪和反常识。在这一点上，石稼先生用的是"石稼先生说"，老树先生用的是画和诗句，体现的都是一种自由而又随性的人生态度和思考，很能直击人心，这也是我经常讲的"回归到我们的人本，回归我们的本色，回归我们的将来，回归我们的当下，回归我们的常识"。

自由而又随性，其实也是我的写照，在香港 30 多年，对自由的理解和感悟多了一些，这一些许，也是我的风花雪月，而随性，几乎伴随我的大半生。

我的风花雪月，虽然仍欠缺很多，比如再谈一场轰轰烈烈的恋爱，比如能拥有一个彼此默契知根知底的知己红颜，这一点遗憾，石稼兄的文字和老树的画，也无法补白。但人生不就这样"阅"着，"览"着，然后给自己预留阅尽人间春色的想象空间吗，说是遗憾，却因为遗憾而让自己的人生格外精彩。

《易·乾·文言》中说："同声相应，同气相求；水流湿，火就燥；云从龙，风从虎。圣人作而万物睹，本乎天者亲上，本乎地者亲下，则各从其类也。"互相感应、志趣相同、气质相类者，自会呼应聚合，似乎是我对《风花雪阅》作序冲动的文化总源头。从文化总根源探究《风花雪阅》的价值，找到与我契合并引发同频共振的部分，我想至少包括了三点感悟：

一是要回归到人本身寻找生命的价值。人类和其他动物的一个重要区别是人是有自我觉醒意识的物种。如果把附着在人身上的名利、地位、欲望、虚荣等进行抽丝剥茧，就会发现对人生意义和生命价值的追求最终还是要回到人本身，这样去探究人的价值才有普世性和传承性。我是一个喜欢远行和走读的人，一生去过很多地方，包括非常考验人的体力和毅力的一些危险的地方。2015 年 7 月到 12 月，我分别到南极和北极，在水深四千多米的冰冷海水中游泳，我想试一下自己在极限过程当中怎么去面对困难。2017 年，我走戈壁，三天两夜九十公里。四十个人中我最年长，我总成绩第二，第一名比我少用了半个小时，但他是 1996 年出生的。行走的人生让我悟出一个道理：远行不是为了行远，而是为了更好地回归。石稼先生在《风花雪阅》中有很多谈及人性回归的文章，比如：《人生最美的样子是做回自己》《不功利，才是人生大智慧》《人活不过一棵树，但可以活成一棵树》《我们都应该学会精致地活着》《做人不刻意，做事不违心》等，都是告诉当下的人，人还是应该重回本性，以人性之光重塑人格。老树先生的画与石稼先生的文章在这方面配合得很是相得益彰。有人说老树先生是"中国过得最明白的人"，我很认同，因为他真实不虚，也因为他透亮性情。

　　二是要反省人类文明发展中产生的恶果和发展悖论。反省能力不足和反思精神不够是人类自身存在的重大缺陷，也是人类在过去几千年的文明演进中，历史的错误和悲剧总是在不同的时期和阶段重复上演的一个重要原因。对这些文明恶果和发展悖论的思考，书中多有涉及。比如，《我们拿什么岁月静好》一文中提出："如何在经历苦难和险恶之后仍能让心灵不狰狞、不丑陋、不扭曲，不充斥偏见和戾气，并用一颗真心、一种信任和一份美好去感受、享受到来的岁月静好，体现的不仅是一种生活的状态，更是人精神世界的不断成长。"《我们都需要"重返优雅"》一文中说："一个社会中的人一旦失去优雅、'不耻'横行，无论他多么有钱和珠光宝气，多么有实力，总会弥漫着野蛮和铜臭的气息。"石稼先生这样的句子很多，有的读来很扎心，却让人心有戚戚焉；有的读来很烧脑，却让人欲罢不能。

　　三是要过好修行关。修行是人类一个永恒的话题，尤其是在东方文化中，儒释道都讲修行。儒家的修行顺序是修身齐家治国平天下；佛家的修行逻辑是通过解构世俗的观念，达到"照见五蕴皆空"，可以"度一切苦厄"；道家修的是"道法自然"，追求"天人合一"的和谐统一。抛开各家的差异性，会看到人无论处在哪个阶层、哪个地域、哪个时空，都要修行，都是用修行来化解生老病死、功名利禄等人生不同阶段和不同际遇带来的矛盾和痛苦。

我一向认为自己是一个六根不净的俗人，也许更需要修行。我去终南山时，一个出家人曾说过"死亡是最美丽的修行"，让我印象深刻，也很认同。其实人生的一个大问题就是要过好生死关，而我们的文化里有财富的教育、健康的教育，但欠缺生死教育。对生与死的修行，会让我们活得郑重其事，珍惜自己的存在，懂得谦卑和敬畏。石稼先生在书中对修行多有着墨，说了很多的可以让各方引用的金句，比如说"人生的智慧在于修行，而修行有很多条路，唯修心是通往生命正途和人生赢家最直接的路"；比如说"一个人具备了能盛事的力量和智慧时，也就找到了走向成功的不二法门"；再比如说"多欲则人生多苦，少欲则身心自在"，等等，都彰显了作者对修行的深入思考。

多年前应香港《明报月刊》之约，写过一段《人生小语》，"自强不息而德薄者，不可远"，是发自内心的认同，也是对自己的时刻告诫。这之后，甚少写过人生感悟，励志文字。或是自己的励志多半是在行脚走读过程中实现；或是这些年总是行色匆匆，走南闯北，东奔西走，甚少停下脚步，伫立思考；或找个僻静处，煮一壶茶，斟两杯酒，观照内心，和灵魂深处另一个我对话的缘故；或是自己随着年龄增长，看淡人间俗世诸多纷纷扰扰，潮起潮涌，悲欢离合之故。杖国之年后，总觉生死无常，人生不外乎向死而生，如同一张单程票，富贵贫贱，终局都一样。于是，对于生死，总会比年轻时看淡很多。

我历来反对给人开书单，因为你的阅历本身就是一部书，石稼先生是把阅历进行智慧的沉淀和理性的梳理，以朴素的方式和并不华丽的辞藻来诠释修行的道理，读来非常受益。这些道理再辅以老树先生画作大悲随喜的自由表达和诗句嬉笑怒骂的会心一笑，让整部书稿连同观察到的这个世界顿时通透起来、敞亮起来、明光起来。

如果再回到我的风花雪月的"折腾"的状态，其实是要让生命回归到不掩饰造作、不虚伪矫情的真实状态，守住不作恶的底线，认认真真做事，堂堂正正做人，如此虽属不易，却是最起码的要求。

是为序。

二〇二五年二月

自　序

石稼先生

　　端看这世间的万事万物，皆有一个缘起，借着条件依缘而发。纵是
《西游记》里那石头里蹦出来的灵明石猴，不也是女娲补天石吸收日月精华
所化的结果，这是天地的本质，《风花雪阅》亦然。

　　两年前的一个春发季节，与好友谈及已过大半的人生，难免大发感慨。
慨叹人生名利事业情感等的尽兴追逐和精心打造，不过是一场风花雪月的
人生花事，有绚烂夺目，也有空谷幽兰；慨叹以半生经验看，人还是要多
和有趣的人在一起，但前提自己一定要有趣才好；慨叹人不应该活成连自
己都讨厌的油腻模样，而应出走半生，归来还是那个少年。如此等等一番
感慨，惹得友人惊呼：石稼先生金句多多！遂建议将所看、所遇、所思、
所感、所想等过往记录下来，述而有作。

　　于是石稼先生以耳顺心态，将欢喜和不欢喜的人生观察进行重新梳理，
发现人生的苦恼起于演，解脱在于看，以看戏之心复盘演戏过往，就既可
以知行合一，也可以置身知行之外，让入戏者与旁观者共同构成这世界的
恢阔和人生的丰富。英国作家斯蒂文森在《徒步旅行》的小品文中有一段
话可以算作是将看戏和演戏收入囊中，找到一个共同的归宿："我们这样匆

匆忙忙地做事，写东西，挣财产，想在永恒时间的嘲笑的静默中有一刹那使我们的声音让人可以听见，我们竟忘掉一件大事，在这件大事之中这些事只是细目，那就是生活。"

　　石稼先生本着以"看戏人的态度体验事物的真相与真理"，在对生命"理解的活动"做几度思考斟酌后，以千字左右为限，下笔千言聚成一说，即为"石稼先生说"，刊可供一阅的《风花雪阅》，以飨读者。

二〇二五年元旦于观自斋

目　录

我们拿什么岁月静好

手边一册闲书，眼前一杯清茶。

心中一份惦念，窗外一树春花。

——老树

用岁月静好的心去经受在劫难逃，会在苦难中开出花来，用在劫难逃的经历去期待岁月静好，会在黑暗中看到光明。

——石稼先生

《诗经·郑风·女曰鸡鸣》中有诗句"琴瑟在御，莫不静好"，意思是弹琴奏瑟的时候，那种感觉实在是太美好了，寓意为生活美满、平安宁静才是最幸福的美好。显然，期盼生活的平安宁静是伴随了中国人几千年的梦想，即使是民国浪子胡兰成这样薄情的人也对张爱玲喊出了"岁月静好，现世安稳"的情话，让张爱玲以为尘埃里能开出花来。

岁月静好作为这世间最美好的生活状态，无论是没有条件的兵荒马乱时代，还是身处盛世的和平年代，这种状态似乎永远都是心灵深处那个遥不可及的梦，似是存在却又不曾来过。当20世纪偌大的中国放不下一张安静的书桌时，苦难中的人们期盼有一天能岁月静好；当今天中国经济实力已经跃居世界第二，全面建成小康社会时，又喊着因为忙没有岁月静好的时间和心情。当多数的国人曾经因为新冠病毒而在家休息，可以有时间思考人生和享受岁月静好的时候，又有多少人能一杯茶、一本书、一炷香地淡定下来呢？更多的是被一种憋疯了的情绪所笼罩。当中国已经控制了疫情，病毒还在世界各地肆虐时，一些国人已经耐不住岁月静好的"寂寞"，准备冒险出游了，静好是如此之难。有人说疫情是最好的照妖镜，照出了人在不能出门、出国的时间里看不到的本性。一场重大瘟疫灾难除了暴露出人性的高尚与卑劣外，也暴露出我们精神世界的"冠状病毒"一直在侵蚀着我们的肌体，阻碍着我们灵魂的成长。它所带给我们的启迪是：人生不是没有静好的岁月，而是我们缺乏用静好去享受岁月的心境和能力。

新冠病毒肆虐下的微信朋友圈里流传着这样一句话："一个人的最大竞争力不是权力，不是能力，也不是财力，而是免疫力。"当"活下来"这样一个人最基本的权利和最本能的愿望，在部分感染者那里成为奢望的时候，岁月静好开始还原为生命的本来意义。瘟疫肆虐下的岁月静好，不是大富大贵，而是一家人健健康康、和和睦睦、平平安安地在一起生活；与死亡威胁相较，"禁足"下的岁月静好，不是超凡脱俗，而是把生活过得有滋有味、有烟火气，如果再能多一点节制和计划，保持一份清醒和理性的节奏，无疑是岁月静好生活状态的一个很大提升。人好好活着不仅是生命的最本原意义，也是岁月静好该有的内容。

翻开人类社会的发展史，不管是地球上的哪个国家、哪个地区、哪个犄角旮旯，岁月似乎就没有认真地静好过，这其中既有地震、海啸、洪水

手邊一冊閒書

眼前一盞清茶

心中一份惦念窗外一樹

春花

丁酉立春時見

梧桐花開老樹

等天灾，还有战争、犯罪和环境破坏、人性缺失等人祸，也有工作生活中因贪欲、怨恨、狭隘造成的伤害、欺骗和背叛等。如何在经历苦难和险恶之后仍能让心灵不狰狞、不丑陋、不扭曲，不充斥偏见和戾气，并用一颗真心、一种信任和一份美好去感受、享受到来的岁月静好，体现的不仅是一种生活的状态，更是人精神世界的不断成长。

《瓦尔登湖》的作者梭罗既能在瓦尔登湖畔添一盏灯、一些文具，再加上几本书去感受岁月静好的美好，去"徜徉在这个广袤的花园里，畅饮大自然温柔的氛围和高尚的启示"，也能以"拒绝承认这个国家"、拒绝纳税等激烈的言辞和行动去抗议美国对墨西哥的战争和对蓄奴制的愤怒，并为此而入狱。他笔下岁月静好的《瓦尔登湖》和推动社会变革的《论公民的不服从》，让他的思想成为美国文学和政治思想史上的绝唱。因此，无论是伟人、名人还是哲人、凡人，静好的从来都不是岁月，而是在灾难来临时能不能挺起脊梁不屈抗争，在那个安好时能不能写出心中的《瓦尔登湖》。套用屠格涅夫"你想要获得幸福吗？那你得先学会吃苦"，就是"你想岁月静好吗？那你得先学会经受苦难"。能经受住苦难的人，更懂得什么才是岁月静好。

狄更斯在《双城记》中有这样一段非常经典的话："这是一个最好的时代，这是一个最坏的时代；这是一个智慧的年代，这是一个愚蠢的年代；这是一个光明的季节，这是一个黑暗的季节；这是希望之春，这是失望之冬；人们面前应有尽有，人们面前一无所有；人们正踏上天堂之路，人们正走向地狱之门。"你迈入的是一个最好、智慧、光明、希望和应有尽有的天堂之路，还是跌进了一个最坏、愚蠢、失望、一无所有的地狱之门，取决于你是否有一个岁月静好的精神世界，而这又决定了你是否既能躲开危险的陷阱，又不会错过美丽的清泉。

>> 石稼先生说，我们一生既在经历岁月静好，也在经历在劫难逃，用岁月静好的心去经受在劫难逃，会在苦难中开出花来，用在劫难逃的经历去期待岁月静好，会在黑暗中看到光明。

学会与生活握手言和

家中有些余粮，还有你在身旁。管他雪花飞舞，过年咱就不慌。

——老树

当懂得了"得之我幸，失之我命"的道理后，你已经学会了与生活握手言和，生活也会对你投桃报李。

——石稼先生

相对生命的老去，岁月是把杀猪刀，但相对生命的成熟，岁月却是最好的导师。年少时，爱憎分明，嫉恶如仇；年长后，却模糊了善恶的边界，没了好坏之分，也不再以喜好排斥他人，学会了包容和欣赏。

慢慢地，那个年少气盛、棱角分明的少年，被打磨成了不再意气用事、不再挑三拣四、不再随意评头论足的谦谦君子。

当你渐渐屈服于生活的调教，变成一个与生活握手言和的人，你会发现，曾经的世界也变了：年少看不惯的，如今习惯了；曾经很想要的，现在不需要了；以前很执着的，此刻不再执迷和困惑了。

>> 石稼先生说，当懂得了"得之我幸，失之我命"的道理后，你已经学会了与生活握手言和，生活也会对你投桃报李。

既然岁月从未曾饶过你，你更不能饶过岁月

小荷一两朵，老酒三四杯。我知有我在，管他谁是谁。

——老树

认真活着，优雅老去，活成一棵风景树。

——石稼先生

三毛说："我来不及认真地年轻，待明白过来时，只能选择认真地老去。"当岁月未曾饶过三毛时，三毛却在青春的年代饶过了岁月。在这点上，我们每个人都是三毛。当你不知道从什么时候开始学会放缓脚步，让工作慢下来，让生活慢下来，让生命变得不急不缓，让一杯暖茶、一本闲书也能打发半天时光时，你已经是在认真对待生命了。这时的你，会选择与有趣的人在一起，会选择不再委屈自己，会选择不再有狭隘的愤怒；这时的你，会变得更加安静平和，再也不是从前那个发了脾气九头牛都拉不回来的自己。

人生旅程，就是一个不断修行和逐渐苏醒的过程，也是一个逐渐学会删繁就简、去伪求真的去睿智生活的过程，懂得热闹之外才是生活，无论何时都要在心中为安静留一个位置。

>> 石稼先生说，如果你不想饶过岁月，那就尽量把生活过成自己想要的样子，把简单岁月的淳朴、荣辱不惊的坦然塑造成生活的常态，认真活着，优雅老去，活成一棵风景树。

不轻易下结论是深入骨髓的教养

人心险恶，江湖无情。谨慎为妙，惕然夜行。

——老树

一定不要做他人生活的审判者，把自己的理解强加于别人，按自己的逻辑去注释别人的言行，侮辱的不仅是别人的人生，更是自己的修养。

——石稼先生

朋友圈里有这样一段话：我们生活在不同的世界，你生活在一艘豪华的大船上，船上什么都有，有一辈子喝不完的美酒，还有许多跟你一样幸运登船的人。而我抓着一块浮木努力漂啊漂，海浪一波一波拍过来，怎么躲也躲不掉，随时都有被淹死的危险，还要担惊受怕有没有鲨鱼经过。你还问我：为什么不抽空看看海上美丽的风景？

无论你是生活在豪华的游艇上还是抱着一块浮木求生，都不要妄自给别人下结论，因为你永远都不知道别人经历了什么。

马克·李维说："你不能随意评价别人的生活，因为那是他的人生。"

人心險惡，江湖無情……

謹慎為妙，暢然花行。

己亥秋於老樹

一个真正有修养的人，从不对人评头论足，知人尚且不评人，何况你未必知人，也许你看到的他只是他世界里的冰山一角。不随意评价他人，表现的不仅是你的修养，更是你的善良。

《庄子·秋水》中有段风趣的对话，庄子曰："鲦鱼出游从容，是鱼之乐也。"惠子曰："子非鱼，安知鱼之乐?"庄子曰："子非我，安知我不知鱼之乐?"惠子曰："我非子，固不知子矣；子固非鱼也，子之不知鱼之乐，全矣!"说的就是不要总是以自己的眼光去看待他人。

很多人喜欢看《奇葩说》，其重要启示是，节目让人看到任何一件事从不同的角度切入，都会有不同的观点和认知，甚至是截然相反的论断。

>> 石稼先生说，每个人都有自己的生活取向和价值选择，我们一定不要做他人生活的审判者。一旦把自己的理解强加于别人，按自己的逻辑去注释别人的言行，侮辱的不仅是别人的人生，更是自己的修养。

一别两宽，各生欢喜

天地从来不仁，无悲无伤无喜。别扯这个那个，太阳照常升起。

——老树

"一别两宽"，是命运给你关上一扇窗，却为你打开一扇门；"各生欢喜"，是放手而成就别人，也欢喜了自己，缘来缘散都是上天最好的安排。

——石稼先生

敦煌莫高窟里放了一份唐朝的离婚协议书，被称为"放妻协议"，主要内容是："凡为夫妇之因，前世三生结缘，始配今生之夫妇。若结缘不合，比是怨家，故来相对……解怨释结，更莫相憎。一别两宽，各生欢喜。"这份协议里，丈夫说："如果我们在一起是错误，不如痛快地分手来得超脱，以后各自有开心快乐的事。"

其实，世间无论什么关系，工作伙伴、知心朋友还是互许终身的情侣，只要真心换不来真情，都可以"一别两宽，各生欢喜"。

每个人心中都藏着这样一个梦：我赠你三月春光，你予我四月桃花。

可惜缘来缘散不由人，不合适的鞋子就不要再穿了，否则疼的是自己的脚；不合适的人就不要再念了，否则疼的是自己的心。

>> 石稼先生说，所有发生的事都是定数，遇见是命中注定，离开也是难逃的宿命。"一别两宽"，是命运给你关上一扇窗，却为你打开一扇门；"各生欢喜"，是放手而成就别人，也欢喜了自己，缘来缘散都是上天最好的安排。

人生是一场花事

心怀一团欢喜，等待春风吹起。蔷薇开的时候，我在花下等你。

——老树

经历过花事之后，你才知道有桥桥渡，无桥自渡。

——石稼先生

莎士比亚说："人生如花，爱如花蜜。"其实，人生就是一场花事，从种子萌芽到含苞待放，到魅力绽放再到残花落去，演绎着人生的变化。在这场花事中，无论是惊艳了世界还是卑微到泥土，不过是生死荣枯，让人嘘唏。

桃花庵主唐伯虎说："枝上花开能几日，世上人生能几何。昨朝花胜今朝好，今朝花落成秋草。"把人生这场花事描述得栩栩如生、惟妙惟肖。

花事中，我们看到了人生百态和各种悲喜剧：有的迷于花香，纵情于声色犬马；有的静默如莲，铅华洗尽仍清香悠远；有的繁若夏花，激狂多情；有的昙花一现，刹那即逝；有的花开花落宠辱不惊，在尘泥寸尺间定

焦不朽年轮。形形色色、如斯种种，在或喧嚣或明媚中演绎着精彩纷呈或无精打采的花样人生。

作家李丹崖说："少年花事多，中年花事浅，老年花事淡淡然。"道出了花事多的阅历、花事浅的安静和花事淡淡然的回归，勾画出了心灵的深刻质变。一路走来，在经历过灯红酒绿的诱惑，阅过无数人情的冷暖，看透一生名利的追逐，才知道曲终人散终究繁华落尽时，人生的每一步都应该有自己的节奏和步调，都应该让修养和优雅丰盈内心。

>> 石稼先生说，站在人生的高处，你才知道上帝造人是有先见和深意的。经历过花事之后，你才知道有桥桥渡，无桥自渡。你才明白"未看花时，花与汝同归于寂；你看花时，则花颜色一时明白起来"的道理。

在世俗的世界里诗意而美好地活着

失之不必在意，得之也别自喜。你就平淡生活，我带花去看你。

——老树

岁月是一本无字经书，无论是苟且人生还是一世繁华，都要美好而诗意地活着。

——石稼先生

有人说，人生除了苟且，还有诗和远方。其实，人生的复杂和精彩远不是如此简单地划分为不堪的苟且和美好的诗境。苟且是你的苟且，也许是别人的修行；诗意是你的诗意，也许是别人的生活。远方也许是你的远方，却可能是别人待腻的地方。

当你愤懑地看待世界时，有时与别人的无奈妥协和与世界的握手言和成了苟且，诗和远方成了梦想。

当所谓的诗意、苟且、远方逐渐被岁月洗涤和褪去或不堪或精彩的外衣后，你会发现，苟且最终会被简单地描绘成一个故事、一段谈资，诗和远方会被轻描淡写成一幅写意山水或风花雪月。

最终你看到的都是满心的欢喜，欢喜这苟且的世俗关系、碎了一地的心情，甚至抬头的一朵云、低头的一束花，案前的一抹阳、手中的一杯茶。

>> 石稼先生说，岁月是一本无字经书，无论是苟且人生、不堪回首
还是鲜衣怒马、一世繁华，都要美好而诗意地活着，最终回收到
记忆里的，会是一个简单、干净而纯净的世界。

人生最美的样子是做回自己

阅尽人间花色，尝遍世态炎凉，心中十分厌倦。

——老树

世界从来没有救世主，也不需要什么救世主，能拯救你的只有你的内心。

——石稼先生

蒋勋说："你怎么样回来做自己，才是最难的功课。"周国平说："你首先应该成为你自己。"

如此简单的命题还需要思考，并被视为人生的重要课题和目标，不禁让人想起一句经典的犹太谚语："人类一思考，上帝就发笑。"上帝也许真的会发笑：这不是废话吗，造你们的时候，不就是你们自己嘛！

对历尽沧桑的人来说，蒋勋和周国平说得一点都不容易，也不简单。人活一世，多数追求的是名声、财富、知识、成功、长寿等与成就感、幸福感相关的东西，而在追求的过程中，常会迷失方向，不断异化为名声的附庸、财富的奴隶、知识的枷锁、成功的目标、长寿的悖论。

正如卢梭所说："上帝把你造出来后，就把那个属于你的特定的模子打碎了。"只是我们很多时候打碎了旧的模子，却没有塑起自己的模子，不是随波逐流，就是躲在风光的面具下顾影自怜。《圣经》中有句经典："一个人得到整个世界，却失去了自我，又有何益？"

做回自己、找回自己，需要富有勇气、独立、坚持地活成自己想要的样子，需要不忘初心，不角色混乱，这样才能出走半生，归来仍是少年。

>> 石稼先生说，世界从来没有救世主，也不需要什么救世主，能拯救你的只有你的内心，当你从生活琐碎和别人的影子里解放出来，活出你的特色和滋味，你的人生也就有了宽度和高度。

以尊严的方式承受苦难

夜雨两壶酒，秋风一杯茶。面对这世界，你还能说啥。

——老树

以尊严的方式承受苦难是灵魂和道德的最后防线。守住这道防线，你既能以尊严的方式活在这个世界，更能以尊严的方式告别这个世界。

——石稼先生

人遇苦难，并非无因；人有苦难，无人幸免。但苦难的日子，像火花般一闪即逝。

苦难，是世俗人生的常态，如影随形。其中，既有不可抗拒的天灾，也有人性弱点造成的人祸，还有时运不济带来的挫折。如果这些都没有，那还有疾病和死亡最终降临到你的头上。

弗兰克说："以尊严的方式承受苦难，是一项实实在在的内在成就，因为它证明了人在任何时候都拥有不可剥夺的精神自由。"很多时候，人类无法躲避苦难，但可以选择承受苦难的态度和方式，这是不可剥夺的精神自由。

用道德的镜像来检视苦难，你会发现，在跌宕起伏的人生历程中，最考验人性的不是鲜花和掌声，而是苦难和挫折。在特定的人生阶段，苦难有时会让人性丑陋险恶，尊严被践踏；有时会让人性熠熠生辉，成就完美。

因此，在苦难面前，最难的是守住尊严。其实，人不管是否在经历苦难，都该有尊严地活着，只是苦难更容易挑战和践踏尊严。面对无可逃避的地震、海啸、车祸、空难、瘟疫、绝症、死亡等天灾人祸以及各种无厘头的厄运、绝望，我们唯一能自由选择的就是面对苦难时的内在尊严，这是最后的精神高地和内在自由。

经历过苦难的人有权利证明，创造幸福和实现价值是一种能力，而承受苦难和捍卫尊严更是一种能力。

>> 石稼先生说，苦难是尊严的试金石，以尊严的方式承受苦难是灵魂和道德的最后防线。守住这道防线，你既能以尊严的方式活在这个世界，更能以尊严的方式告别这个世界。

所有的努力都是扎了根的

有风吹过平野，有花开在山前。不闻世间大事，独自播种丘田。

——老树

所有的付出和努力都在聚集力量，总有一天，你扎了根的努力会如毛竹般"魔法生长"，惊艳你的人生。

——石稼先生

四川生长着一种特别的竹子，这种竹子种到地里五年都看不到生长，但五年后，就像被施了魔法般，半年间会长到三十多米，快的时候，一天可以长半米，这就是毛竹效应。很多时候，看似没有任何回报和成效的努力，其实都像毛竹一样是扎了根的。

我们总是希望所做的事情能很快看到成果，但却忽略了成果本身也需要发展的周期。对人生来说，多半时间也是沉寂的、寂寞的，成功需要长期的积淀。

牛津大学举办过一次"成功奥秘"的讲座，邀请当时的首相丘吉尔来讲演。丘吉尔的讲演出乎意料，只说了三句话："我的成功秘诀有三个：第一是

决不放弃；第二是决不，决不放弃；第三是决不，决不，决不放弃。"三句话讲演成为演讲史上经典之作。

"行百里者半九十"，越是艰难处，越是成功时。有段话很深刻："今天很残酷，明天更残酷，后天很美好，但是大多数人死在明天晚上，看不到后天的太阳。"

>> 石稼先生说，人生没有白走的路，没有白吃的苦，你所有的付出和努力都在聚集力量。成功是长久的坚持，不动摇，不放松，不懈怠，总有一天，你扎了根的努力会如毛竹般"魔法生长"，惊艳你的人生。

我们的悲欢是不相通的

人世知音总难觅，有话你说与谁言。独自行到山深处，拥花悄悄仔细谈。

——老树

用别人的悲欢来做警醒和慰藉，看到的既是陌生人的悲，也是陌生人的欢，那么这悲欢便在你的心里着了痕迹，你就能感受到其实"都和我有关"的分量。

——石稼先生

鲁迅先生在《小杂感》中说："楼下一个男人病得要死，那间壁的一家唱着留声机，对面是弄孩子。楼上有两人狂笑，还有打牌声。河中的船上有女人哭着她死去的母亲。人类的悲欢并不相通，我只觉得他们吵闹。"

站在过街天桥上，你看人来人往，看车辆川流不息，看都市繁华耀眼，但你永远不可能知道那个装满垃圾的三轮车、车门上挂着蛇皮袋的人每捡到一个踩扁了的瓶子的喜悦，那个大厦里的女人旗袍下藏了多少虱子，人类的悲欢是不相通的。

人世知音
總難覓有
話你說與誰言獨
自行到此深宵擁花悄
情仔細談 丁酉莫春呂嵒
自江南歸來寫於小品卷樹

这个世界既是你心中的这样的世界，也是别人心中的那样的世界。也许你一直戴着面具生活，过得伤痕累累，可有的人一辈子连面具都买不到，就算买到了也戴不上，戴上怕蒙蔽双眼，摘下又怕看到丑陋的世界。

我们理解或体悟到的他人受限于情商、智商、环境、家庭，社会、时代、时间等因素，我们甚至都无法完全读懂自己，更何况别人呢？

阿尔贝·加缪在《鼠疫》中谈道："倘若我们当中哪一位偶尔想与人交交心或谈谈自己的感受，对方无论怎样回应，十有八九都会使他不快，因为他发现与他对话的人在顾左右而言他。他自己表达的，确实是他在日复一日的思虑和苦痛中凝结起来的东西，他想传达给对方的，也是长期经受等待和苦恋煎熬的景象。对方却相反，认为他那些感情都是俗套，他的痛苦俯仰皆是，他的惆怅人皆有之。"

他人的悲欢，在你眼中也许只是徒劳的喧嚣；你乐此不疲地讲述着你的故事，在别人看来不过是一种打扰。

对有限信息带来的有限理解和认知，需要我们去包容不可知的他人，去接受不完美的自己。在人与人的共知领域，我知美食于你果腹，布衣于你暖身，笑脸于你乐事，泪眼于你情动。可我不知，山珍何以无味，小摊何以驻足，歌声何以索泪，美人何以引笑。

我们永远不知道别人已经经历了什么，或者正在经历什么。有时候外表看起来的风平浪静，内心的洪流却足以淹没整个世界。

>> 石稼先生说，我们的悲欢并不相通，因为情感上很难感同身受。若用别人的悲欢来做警醒和慰藉，看到的既是陌生人的悲，也是陌生人的欢，那么这悲欢便在你的心里着了痕迹，你就能感受到其实"都和我有关"的分量。

人活不过一棵树，但可以活成一棵树

一棵树在等待另一棵树，就像一个人在等待另一个人。

——老树

树是人类真正的图腾，按照树的品格和姿势去塑造生命的灵魂，活着活着，你也就活成了一棵树。

——石稼先生

同样是生命，人是活不过一棵树的。树比人活得长久，在我们死后很多年，一棵树还会枝叶繁茂地生长。这还是理想状态下的感慨，如果再加上天灾人祸、生命无常，人更比不得一棵树来得长久，活得实在、安全。

在生命轮回中，总有一些喜怒哀乐埋葬在树的年轮中，也总有一些悲欢离合淹没在枝杈树叶中。

随便走进一座寺庙，随处可见高龄的树：美桐，树龄 106 年；金钱松，树龄 200 年；榧树，树龄 500 年……

北京西郊潭柘寺大雄宝殿后面有两棵帝王级银杏树，树冠高 40 多米，

树干要六七个人才能围拢，它们植于唐代，距今已 1400 多年。这两棵银杏树，从唐代看到今天，树还是那棵树，人却不再是那个人。

北美有一种松树，能活 6000 多年仍枝繁叶茂。19 世纪，著名地理学家洪堡德在非洲俄尔他岛考察时，发现了一棵龙血树，已生存了 8000 多年，刷新了人们对树龄的认知。

冯唐说："人啊，还活不过一块玉。"其实是说高了人类，穿着金缕玉衣的王侯将相，最后展览到博物馆的只剩下金缕和玉做就的衣服。我们的生命长不过一棵树，又何谈玉呢？人类寿命屈屈百年，四万多天。无论位高权重，还是富可敌国，都不能为你的人生多换一天。

作家三毛在《如果有来生》中写道：如果有来生，要做一棵树。站成永恒，没有悲欢的姿势。一半在尘土里安详，一半在风里飞扬。一半洒落荫凉，一半沐浴阳光。人活不过一棵树，但可以活成一棵树。

庄子说："人生天地之间，若白驹之过隙，忽然而已。"人生短暂，仿佛一瞬，渺如尘埃。在这白驹过隙般的生命里，看透了声色犬马、名利酒肉，你会发现这不过是心累一场、虚妄一堆。

如一棵树般站在那里，才是人生该有的模样。安静如树，自在而活，追寻"静随芳草去，闲逐野云归"的洒脱；淡定如树，不得意忘形，不自暴自弃；姿态如树，挺拔威严，不张牙舞爪；品格如树，囿于一方土谨守分寸，历经风霜，数度轮回，活出一道绝美的风景。

>> 石稼先生说，树是人类真正的图腾，按照树的品格和姿势去塑造生命的灵魂，活着活着，你也就活成了一棵树。

不要以为你拥有的东西都理所当然

去因有意，得到却无心。

——老树

上帝不会掷骰子，这个世界也从来就没有理所当然，让感恩、尊重和珍惜成为你对待那些人、那些事、那些物的正念，机遇和奇迹就会不期而至。

——石稼先生

美国畅销书作家乔恩·克拉考尔《荒野生存：阿拉斯加之死》中说："当你年轻时，你会理所当然地认为，你想要的东西就是你该得到的东西，当你十分渴望某件东西时，就有天经地义的权利得到它。"世上从来就没有理所当然，如果你认为你拥有的东西理所当然，那么你离"阿拉斯加之死"就不远了。

正如一句网络鸡汤："人心都是慢慢冷却的，哪有顷刻之间的心灰意冷，有的，只有日积月累的看透罢了。好比雪崩，是一个从量变到质变的过程，在这个过程中，雪量不断增加到达临界点，最终彻底崩盘。这一切早已暗中酝酿，山谷旷野里的一声枪响，一声呵斥，都只是这场灾难的诱因罢了。"

一个人从十月胎儿到脱离母体呱呱坠地，再到离开父母去闯荡世界，在此期间，父母给予的照顾和关爱容易让人们形成"理所当然""受之无愧"的思维惯性和情感模式。可从你问世那一刻起，父母、兄妹、亲朋、恋人、同事等所有和你有交集的人，没有欠你的。

不要以为父母的给予理所当然，我们偶然来到这个世界，偶然成为这对父母的孩子，父母给予哺育、教育、陪伴更多是一种意外和恩赐。

不要以为朋友的给予是理所当然，芸芸众生中能有一人听你倾诉、懂你心事已十分难得，若再能给你一些帮助、一些支持，会是多大的福报和因缘。

不要以为爱人的给予是理所当然，那个他或她和你一样都有喜怒哀乐，如果你放肆地以爱为名把一切不如意和垃圾都扔给他（她），最后对方只能落荒而逃。挑战别人的容忍度其实是在挑战自己的底线，也是在一点点摧毁你们初识时精心构筑的美好。

不要以为付出有回报是理所当然，当从你决定付出的那一刻起，你就要明白付出和回报之间没有必然的联系，更不是等号的关系。

>> 石稼先生说，如爱因斯坦说"上帝不会掷骰子"一样，能把"这个世界从来就没有理所当然"这件事想清楚了，感恩、尊重和珍惜就会成为你对待那些人、那些事、那些物的正念，而由正念带来的机遇和奇迹也会不期而至。

每一个今天都是余生

白天忙些烂事，夜半看册闲书。虽说身不由己，不能活得像猪。

——老树

善待过程中的每一个今天就是你余生最好的成长。生命就像一出没有经过彩排的折子戏，谁也不知道下一折会发生什么。当明天和意外不知道哪个先来的时候，我们最好的选择是活在当下。

——石稼先生

白岩松最近有段话刷爆朋友圈："20 岁的时候容易活在明天里，一不注意 50 岁容易活在昨天里。但是我努力地克制自己，既不活在明天也不活在昨天，我善待每一个今天。"白岩松用 50 年的生命经历悟出一个道理：当下才是最好的。如果 50 岁还做不到善待每一个今天，那前面的 50 年白过了。

其实老白说乐观了，如果你知道世事无常，每天都有人看不到明天的太阳，有一天你一定也是，那么你关于人生的诸多规划和设计都要修正。法国思想家帕斯卡尔在《思想录》中说"人是一棵会思想的芦苇"，道尽了

生命的脆弱。如果意识到生命脆弱到会因一口气、一滴水而终结，那么当下的每一个今天都可能是余生的最后一天。

如果把生命的鲜活做一个二元切割，那么一半是过去，一半是余生。余生很长，让我们常忽略今天的阳光；余生很短，让我们还未来得及善待自己，便已苍老。世人的悲哀在于总在描绘明天，却忘了接受和欣赏当下的状态。《正念的奇迹》里有这样一句话："洗碗就是洗碗。"意思是说，你洗碗时就要感受洗碗的状态，而不应该手在洗碗，心却跑到了九霄云外，这样你活的永远不是那个现在的自己。

>> 石稼先生说，生命的本质在于过程而不是结果，善待过程中的每一个今天就是你余生最好的成长。生命就像一出没有经过彩排的折子戏，谁也不知道下一折会发生什么。当明天和意外不知道哪个先来的时候，我们最好的选择是活在当下。

在苦闷的日子里笑出声来

世间破事，付之一笑。

——老树

人活着的意义，不取决于生命的长度，而取决于生命的弧度，取决于能否把苦闷的日子过得诗意。

——石稼先生

王小波在《怀疑三部曲》序言中说："我看到一个无趣的世界，但是有趣在混沌中存在，我要做的就是把它讲出来。"

贾平凹说："人可以无知，但不可以无趣。"王小波就是把苦闷的日子过得有趣的人，把苦闷的人生描写成一种另类的幽默。比如去云南插队，王小波已长到一米八四，大高个子撅在水田里，像半截黑柱子，插一整天的秧腰都快累断了，写在他的笔下却是"后腰像是给猪八戒筑了两耙"。当推独轮车上山累得胆汁都快吐出来时，他说："好在那些猪没有思想，不然它们看到人类不遗余刀地要把它们的粪便推上山，肯定要笑死。"这些苦不堪言的经历，被他看作是人生的黄金时代，在他笔下也变得幽默有趣起来。

人生不如意事十有八九，十事九不周，但正是这些不如意和不周，让人生变得丰富、精彩。

在苦闷的日子里笑出声来，不仅是一种修养，更是一种能力。一生中，无论鲜衣怒马、烈火繁花，还是屋漏夜雨、坎坷颠簸，我们都该明白，生命的本质在于过程而不是结局。有人说："笑是午夜的玫瑰，是人类的春天。"无论你的人生藏有多少不堪和辛酸，只要你的心是笑着的，所有的苦难、苦闷带给你的除了修行，还有不经意间融入的乐趣，成为丰富人生最好的注脚。

任正非在接受加拿大电视网（Canadian Television Network，CTV）采访，谈到女儿被扣押一案时说："自古英雄多磨难，没有伤痕累累，就不会有皮糙肉厚。她这次的磨难，对她个人是很大的锻炼，会坚强她的翅膀。"他从一个父亲的角度，说出了人生遇到磨难和坎坷时应有的态度和收获。

>> 石稼先生说，如果笑是人类最生动的表情，那么苦闷里的笑声就是人生最动心的旋律。能承受苦闷的人，苦闷就是美酒；不能承受苦闷的人，苦闷就是穿肠毒药。人活着的意义，不取决于生命的长度，而取决于生命的弧度，取决于能否把苦闷的日子过成诗意的样子。

看清人和看轻事会让你的人生更有高度和宽度

心远无成败，山高看月小。不管什么事，没啥大不了。

——老树

我们多数时候在当下并不能感悟到"世亦不尘，海亦不苦"的道理。

——石稼先生

人这一生，会遇到形形色色的人，对你产生这样或那样的影响。我们最喜欢的感觉是你送我格桑花，我送你酥油茶，你送我地上星，我送你掌中雪；最不能容忍的是自以为可以倾心相交、生死相许的人，到最后却是伤害你最深的那一个。

看清世事的人不过两类：一类是看清了可以放心去相信、用庄严和神圣的仪式迎接进来，成为莫逆之交的人；一类是让自己陷入窘境，看清了不再去相信和有交集的人，把本已错位的角色重新定位。

看轻事却只有一类，不论喜欢还是不喜欢，无论哪件事，都是小事儿，都不是个事儿。

同样是生物，人和动物的很大区别是人性复杂。一个有人生高度的人，别人很难触及他的内心，但一定可以触摸到他人性的边界，不会抱有怀疑、害怕去和他交往；一个有人生高度的人，无论遇到何事，都能发现其中的意义和价值，好的，给了力量和温暖；坏的，懂得了宽容和理解。

其实，人生就是一场有起点但不知道终点在哪儿的旅行，有的人这一站下，有的人那一站下，能陪自己走过一站又一站的人，不论是好是坏都是缘分和恩赐。既然没办法选择上下车的时间和与谁同行，就学会去微笑和看轻，握手和挥手，有缘即住无缘去，一任清风送白云。

>> 石稼先生说，我们此刻在意的、渴望的、痛恨的、得到的、失去的，在一切过去之后，都会变得风轻云淡、无足轻重，更不会再去念兹在兹。只是我们多数时候在当下并不能感悟到"世亦不尘，海亦不苦"的道理。

善良是世界的通用语言

　　春深最宜做美梦，花下正好读读书。平常应对单位事，抽空研究人之初。

——老树

　　善良使人的灵魂变得高贵，你可以不伟大，但不能不善良。

——石稼先生

　　美国作家马克·吐温曾说："善良，是一种世界通用的语言，它可以使盲人看到，聋子听到。"只要是发自内心的善良，就可以超越语言的障碍，让心与心彼此通融。

　　中国的传统文化中，孟子的"性善说"、荀子的"性恶论"、老子的"上善若水，水善利万物而不争，处众人之所恶"，以及《周易·坤·文言》中的"积善之家，必有余庆，积不善之家，必有余殃"，都是导人向善。一部中国文化史，是一部劝人向善史。行为处世，强调"勿以善小而不为，勿以恶小而为之"；与人交往，讲究与人为善、乐善好施和广种福田；立身处世，主张"穷则独善其身，达则兼济天下"。

春日当窗最宜佶義
夢花下正好讀
讀書吉平
常應對
單位事
抽空研究
人心初
丁酉夕老柎

做个善良的人，要念善，"心存善念，天必佑之"。善恶一念间，善念是种修行。一个人存善意、发善心、执善念、做善事，运势也便积累起来，即使身处黑暗也能照出光明。

做个善良的人，要心善。一切福田，都离不开心地。只要心善良，早晚有福报。善良是有温度的，心善的人才能直通人心、打动人心，才有不期而遇的温暖。不要怪世界不温暖，是你没有用善良的心拥抱世界。心善的人，即使闭上嘴巴，善良也在眼里上演。

做个善良的人，要行善。善有善报，行善才能积德。我们要相信世间一切皆因果，善良一点，不吃亏。如果你的善行没有等来好运，也是因为时候未到，正如《了凡四训》所言："人为善，福虽不至，祸已远离。"

>> 石稼先生说，善良使人的灵魂变得高贵。一个善良的人，会活得心安、平和，也会使生命达到最佳的平衡状态。你可以不伟大，但不能不善良。

没有智慧的善良是一场灾难

避居江湖以远，其实并不清闲。天天都在磨刀，有人欠我大钱。

——老树

有智慧的善良是人生的一部史诗，低智商的善良是一部伊索寓言。

——石稼先生

马克·吐温说："善良是一种世界通用的语言。"同时，他也说过："低情商的善良，却是一种变形的失声的语言，连正常人都感受不到它，更鲜有魅力可言。"

善良分为两类：低情商的善良和高情商的善良。在马克·吐温看来，高情商的善良是被推崇的，低情商的善良是被不屑的。这其中除了施善者本身的愚昧外，还有一个重要原因：世界并不是由纯善组成的，善与恶、好与坏就像一对连体婴儿，一路同行，不曾缺席。

中国五千年的历史都在劝人向善，但恶的行为和例证一直都是历史长河不可或缺的部分。事实上，先人们总会通过某种智慧的方式提醒善良的人避免因善受害。明代马中锡在《东田文集》中讲述的《中山狼传》，告诫人们：一定要分清善恶，只能把援助之手伸向善良的人，而对恶人不能心慈手软。古罗马时代的《伊索寓言》中农夫与蛇的故事，也在说明同样的道理。

善良一定是有原则和底线的，一味善良，很可能会掉入万劫不复的深渊。电视剧《延禧攻略》中，富察容音和她的婢女魏璎珞都是心存善念的人，但命运却截然不同。富察容音一生从未做过一件坏事，最后却走上了绝境，她的悲剧在于身处深宫后院还期待人人善良。魏璎珞虽也心地善良，从不主动害人和算计人，但对恶人决不心慈手软，她的台词"心存善良但一定要学会自保"让人印象深刻。善良是为人处世的底线，但绝不是帮坏人渡过劫难的借口。

作家雾满拦江说："没有善良的聪明只是狡诈，失去聪明的善良只是愚蠢。"一个人除了善良，更要有力量和智慧。《吸血鬼日记》中，吸血鬼达蒙虽内心向善，但总是以恶面目示人，达蒙说："如果我表现出善良的一面，他们就会期望我一直善良。"说出了人性的贪婪，也表明，对施善者而言，只有用情商和智慧去输出你的善良，善行才能得到应有的尊重和珍惜。

>> 石稼先生说，每个人心中都有一个善的桃花源，但丛林法则和弱肉强食从未缺席过这个世界。真正善良的人不是糊涂的东郭先生，而是能够明辨善恶的托特神。如果说有智慧的善良是人生的一部史诗，那么低智商的善良就是一部伊索寓言。

现在的生活也许不是你想要的，但一定是你自找的

春光又明又媚，我却天天开会。人人装模作样，讨论鸡零狗碎。真想出去走走，或者蒙头大睡。总叹人生苦短，怎能如此浪费。

——老树

人生从来就不只一套成功的模板，世上最没有办法重来的就是人生。只要认真活着，怎样都算赢。

——石稼先生

旅居美国的宋辉在中国艺术家群里发了一首诗，其中"蓦然回首，碎落了一地芳华""老年了才豁然醒悟，人生原来是笑话"，不知击中了多少人的心。

对大多数人而言，现在的生活不是他们想要的样子。平凡的人是、伟大的人是、平庸的人是、成功的人也是，好像每个人都不满意现在的自己。

人生本无宿命，有的只是因果。莲花生大士说："如果你想知道你的过去，看一看你现在的状况；如果你想知道你的未来，看一看你当前的行为。"

暗光又明又媚　我卻天天開會

吾倦矣　人人裝模作樣討論鷄零狗碎

真想出去走走　或者蒙頭大睡

總嘆人生苦短　怎能如此浪費

甲午暮初時大牡很郁悶志封

你种下什么种子，就会收获什么样的果实。你所抱怨的不满的现状，其实是你亲手种下的，你不想要的生活，其实是你一步步的妥协所造就。嫁入豪门的跳水冠军郭晶晶在谈及婚姻时说：你想嫁到什么高度，先得把自己送到那个高度。

18世纪欧洲普鲁士的腓特烈大帝，是一个和拿破仑齐名的铁血帝王。但就是这样一个巨人，却把成为音乐家、艺术家作为他不敢示人的梦想，年轻时曾做过为追求艺术而放弃王位的举动。腓特烈大帝的双面人生，也是他自找的经典故事。

当我们抱怨当下的生活状态时，抱怨的不该是命运的不公，而应眼光朝内，看看究竟我们做了什么造就了现在的局面。有反思才有反省，有反省才有觉醒，才能救赎自己。

人的一生中，除了生命的起点和终点无法选择外，我们走过的每座桥、每段路，做出的每个决断、渡过的每个关口都是选择和比较的结果。

不要抱怨现在的生活不是你想要的，追根溯源，在造就这个状态的开始阶段，一定有一个理由或诱惑是那个当下的你心甘情愿选择的，犹如亚当和夏娃偷吃了伊甸园的苹果。不同选择的结果，自然就会衍生出迥然不同又有迹可循的人生轨迹。既然没把时间和精力投入到你没有选择的另一种生活里面，就不要责怪命运没有给你安排另一种人生状态。

>> 石稼先生说，人生从来就不止一套成功的模板，世上最没有办法重来的就是人生。既然现在的生活是你自找的，那就在不抱怨中过一种有尊严的知足生活。知足的人幕天席地都能睡，不知足的人广厦千间也难眠。只要认真活着，怎样都算赢。

任何事情的发生都是中立的

有云移过山梁，有雨落入池塘。有蝉鸣于枝头，我却天天瞎忙。

——老树

多数时候让我们痛苦的不是事情本身，而是情绪的解读。你有什么眼光，就能看到什么世界。曾经看似灾难的事情，如今看来也不过是一场谈资、一段故事。

——石稼先生

美国著名心理学家埃利斯提出了 ABC 理论：激发事件 A（activating event）只是引发情绪和行为后果 C（consequence）的间接原因，而引起 C 的直接原因则是个体对激发事件 A 的认知和评价而产生的信念 B（belief），即人的消极情绪和行为障碍结果 C，不是由于某一激发事件 A 直接引发的，而是由于经受这一事件的个体对它不正确的认知和评价所产生的错误信念 B 所直接引起。

事物本身并不影响人，人们只受对事物看法的影响。换句话说，任何事情的发生都是中立的，真正造成伤害的是每个人对事情解读背后的情绪。

埃利斯是自弗洛伊德后唯一创建具有自己理论体系的心理治疗学派的学者，被称为"认知—行为"治疗之父。

当按照埃利斯的逻辑去检视人生中少年、青年、中年、老年等各个时期发生的"大事"时，你会发现真正影响我们的不是事情本身，而是我们所抱持的观念。同样考英语六级，有的考不过去号啕大哭，有的却风轻云淡；同样是创业，有的失败后总结经验东山再起，有的却顶不住压力跳楼自杀；同样是失恋，有的天塌地陷难以自拔，有的却是天涯何处无芳草；同样是八卦，有的被八卦后郁郁寡欢、羞于见人，有的却当成笑话一笑而过……

古希腊哲学家说过：人不是被事情本身所困惑，而是被对事情的看法所困惑。躬身自省，当你抱持的观念让经历的挫折和失败成为前进的阶梯和动力时，这种观念就是积极的、健康的。反之，这种观念就是有害的、伤人的。

日常生活中，观念的陷阱很多。比如，以自己的意愿为出发点，将事情的发生与否列为绝对化的必须；以自己的好恶为标准，以偏概全地去评判事情的价值和意义。用埃利斯的话来说，这就好像凭一本书的封面来判定它的好坏一样；以非理性的极限思维评判事物，总是习惯于把事情的发生挂在悬崖边上去拷问，对事情发生与否造成的伤害或影响估计过高。

其实，每件事情的发生与不发生都有其自身的发展逻辑和演进规律，不会以你的或他的意志为转移。我们加诸事物上的，不过是我们的一厢情愿而已。得之我幸，失之我命，才应该是我们看待事情的应有态度。当我们不纠结于过去发生的事情究竟造成多大伤害和损失时，那么这件事情背后的成长意义也就开始显现出来了。

>> 石稼先生说，多数时候让我们痛苦的不是事情本身，而是情绪化的解读。我们无法改变或阻止事情的发生，但可以改变看待事情的眼光。你有什么眼光，就能看到什么世界。曾经看似灾难的事情，如今看来也不过是一场谈资、一段故事。

人生就是要把小事活明白

吃饱才好立枝头。

——老树

人生的考验是被大事迷失，被小事羁绊。当格局和能力都不是问题的时候，大事小事都成了闲事，闲事也就不叫事儿了。

——石稼先生

仓央嘉措在《地空》中说："世间事除了生死，哪一件都是小事。"其实，生死是每个人必须经历的，不算什么大事。我们每个人既无法决定自己的生，也无法预料自己的死。既然生死都由命，那就把生与死之间的那些小事处理好。

小事拎得清，是教养的最好诠释。中华五千年的文化是讲究礼数的文化，礼数经过历史的沉淀和实践，逐渐演化为我们立身处世的方式。在礼数中找准自己的位置，体现的不仅是对别人的尊重，更是自己的教养。

凡事要分清主次，要有所为，有所不为，分清轻重缓急，懂得抓主要矛盾、解决关键问题，切忌胡子眉毛一把抓。一个能分清主次的人，做起事情来往往能有条不紊，处之裕如，节奏感较强，不会让自己陷入尴尬的境地。

凡事要找准位置，要懂得各安其位，不僭越，知道自己的本分和责任。人最可悲的是自以为是，总对别人的事情以能者自居，指手画脚。殊不知你以为的高风亮节、古道心肠，实际是对别人的打扰，甚至是冒犯。

凡事要通透。《教父》里有句话："花半秒钟就看透事物本质的人，和花一辈子都看不清事物本质的人，注定有截然不同的命运。"人这一生，会经历各种各样的事情，我们的痛苦与多舛的命运，很多和看不透事情有关。这里不是教人看透事情本质的方法，而是对待这些事情的态度。多数情况下，我们往往不是对事情本身有困惑，而是对事情的看法有困惑。看透事情需要智慧和阅历，更需要心胸和格局。

人生越往前走，越相信其实人是有宿命和命定的，越相信这世间一切事情的发生与否都有它的因果和自然规律。但是对一件事情的判断上完全取决于我们的起心动念，事情重要与否和好坏评判也是出于执着于自身的偏好。因此，虽然我们不能阻止事情的发生，但能阻止自己变糟的心情。对一个通透的人而言，发生的一切事情都是最好的安排，好的事是福报的回馈，坏的事是度我的菩萨。

既然从生到死的过程不过是生命的不归路，那么除了生死，人生就没有过不去的坎，过不去的只有你的心情。所谓门坎，过去了不过是一道门，过不去也就成了坎。凡事看得透的人，会越活越明白，越活越简单。

>> 石稼先生说，大事看格局，小事看能力。人生的考验是被大事迷失，被小事羁绊。当格局和能力都不是问题的时候，大事小事都成了闲事，闲事也就不叫事儿了。

只有遵守准则的人才能获得真正的自由

自由，是在我这个岁数找到的分寸。

——老树

人为了享有自由，除了学会自我控制，还要有处理规则被破坏、自由被侵犯时的能力和智慧，否则自由永远都是诗和远方，苟且和卑微就会成为生活的常态。

——石稼先生

2016 年 7 月 23 日，八达岭野生动物园发生了一起老虎伤人事件，轰动一时，被咬者在野生动物园自驾时私自下车，违反规定，被老虎拖走。这一事件是不遵守规则要付出代价的极端案例，也掀起关于规则和自由的热议。

对于规则和自由的关系，人类已讨论了几百年。无论是作为哲学命题、社会问题还是法律问题，自由都是规则之下的自由，区别在于规则对自由的限制和介入程度不同。

其实，对于每个活在当下的人来说，讨论规则并无太大意义。规则是刚性的，不分年龄、身份，你认同不认同，它都在那里。除非发生大的社会变革，否则都要按照游戏规则去做事、去生活。我们要做的是如何在规则之下真正感受自由、享受自由的快乐。

心灵的自由需要规则救赎。从人性的角度看，自由之所以能被感受得到，是因为"从心所欲不逾矩"。孟德斯鸠说：如果对自由不加限制，那么任何人都会成为滥用自由的潜在受害者。作为社会人，要把自己恶的一面用规则约束好，一旦脱离了规范，也就失去了自由。

心灵的自由程度取决于对规则的认同和接纳程度，心甘情愿在规则下生活，是走向自由的开始。如果只是慑于规则的强大或道德的压力而勉强遵守，那么规则就如同达摩克利斯之剑悬在头顶，精神世界不可能感受真正的自由。一个内心真正接纳规则的人，不会去碰触规则的高压线，自然也感受不到高压线的危险。

自由不能异化为工具或手段。自由作为人性解放和苏醒的重要标志，最显著的特征就是不受驱使，既不被别人驱使，也不被自己欲念驱使。自由一旦被驱使，就异化为工具。康德在《实践理性批判》中，把被驱使的力量叫倾向性。现实生活中，我们的倾向性和由此产生的行为比比皆是，如生存、恐惧、贪婪、感情等。这些倾向性往往让心灵的自由被戴上欲望的枷锁，使自由沦为欲望的手段。

自由也需要点阿 Q 精神，即自我认可和自我安慰的精神胜利。在人生历程中，你走得越远，越能感受到：社会永远不可能在自由与规则的理想状态下运行，随时可能有人藐视破坏规则、侵犯自由。大千世界芸芸众生美丑良善参差不齐，你可以很善良、不作恶，但你不能奢求别人和你一样善良、不作恶。所谓的善有善报、恶有恶报，都不是即刻的回报。在亲历了无数生活中的酸甜苦辣，耳闻目睹了太多悲欢离合，经受了各种不公的打击挫折后，才会明白这个世界除了理想的自由，还有现实的残酷。

　　>>　石稼先生说，风筝之所以曼舞轻摇，因为有风的助力和线的牵引。人作为社会人，为了享有自由，必须学会自我控制。但除了良好的自律和自控，还要有处理规则被破坏、自由被侵犯时的能力和智慧，否则自由永远都是诗和远方，苟且和卑微就会成为生活的常态。

真正的快乐一定要有生长和持续能力

折松煮大肉，拈花温好酒。雨中看江湖，醉后读春秋。

——老树

生命的意义和价值在于让快乐多多的，痛苦少少的，专注当下生长快乐的能力，制造出发自内心的喜悦。心不一样，快乐便不一样。

——石稼先生

什么是真正的快乐，相信一千个人会有一千种回答。快乐是人内在的主观感受，对于这种"主观感到幸福"的根源，社会学家、心理学家、生物学家们都列举了各种因素，包括金钱、地位、爱情、家庭、美德、欲望、基因、婚姻、独身、美景等。

耐人寻味的是，每个因素都可能带来快乐，但也可能带来不快乐。比如，金钱能带来快乐，但金钱越多的人未必越快乐，其他亦如是。有个关于"一百万快乐"的提法，说"如果是普通的快乐感，一个月挣一两百万的人那是相当高兴的，但是一个月挣一二十亿的人其实是很难受的"。很多网友留言：我也想难受难受！足见每个人的快乐点是多么不同。

《人类简史》作者尤瓦尔·赫拉利在谈到心理和生理层面的快乐时提出了让人毛骨悚然的观点："想要获得长期的快乐，只能靠血清素、多巴胺和催产素"，并提出"想要更快乐，就得操纵我们的生化系统"。

从引起快乐或不快乐的这些纷繁复杂、众说纷纭的因素中解脱出来，寻找快乐的密码，会发现，快乐实际上是个人能力的体现。有能力快乐的人有多种方式让自己快乐，比如知足常乐、满足为乐、看破是乐、放下才乐等。如果用当下的每一分钟为单位来评估快乐，那么快乐就是一个靠能力生长出来的东西。如果具备了快乐的能力，即使在平凡无趣的生活里，也能活出诗意。

明代著名思想家王阳明认为："乐是心之本体，虽不同于七情之乐，而亦不外于七情之乐。"在他看来，快乐是人本体内已然存在的东西，它不是现实的存在，而是潜在的可能，需要人进行开发，并通过七情之乐来呈现。他提出的"常快活便是功夫"，也就是说快乐是一种让生活走向幸福的能力。

很多情况下，我们不快乐不是因为这个世界缺乏快乐的资源和条件，而是自身智慧不足，缺乏快乐的能力。既然快乐从来都是独人独乐、千人千乐，那我们何不按照自己的理解和逻辑去创造和拥有快乐呢？英国作家罗伯特·路易斯说：快乐的习惯能使一个人摆脱外界环境的支配，因此改变对号入座的观念方向，掌控万物的态度，就能摆脱外界的支配，找回属于自己的快乐。

折松煮炙大肉

拈花温好酒

雨中看江湖

醉後讀舊秋

甲午夏初時節太封

抛开个人内心体验，从纯粹科学的角度看，所谓的快乐和痛苦其实没有多少实质性意义。此刻你感受到的快乐在别人看来也许是随时可倒掉的垃圾，此刻你感受到的痛苦，在别人看来也许是个笑话。

不同环境、不同历史阶段、不同国家和不同文化背景等，也会造成截然不同甚至完全相反的快乐和痛苦。原始人因图腾崇拜产生的快乐，在今天看来不过是愚昧和欺骗。而我们今天为之欢呼雀跃的东西，在后代看来也许是感到震惊和匪夷所思的笑话。对快乐的时空错觉和幻想，需要我们通过智慧和修行去生长出当下快乐的意义和价值，并延续下去。

>> 石稼先生说，快乐和痛苦是人生的一体两面，生命的意义和价值在于让快乐多多的，痛苦少少的，专注当下生长快乐的能力，制造出发自内心的喜悦。心不一样，快乐便不一样。要懂得知足不辱，知止不殆，适可而乐。饥来吃饭倦来眠，不从身外觅神仙，就是快乐的最高境界。

生活需要有点仪式感

即使再忙要坐下，且来吃它一杯茶。世间人事须空对，心中常开一枝花。

——老树

仪式感是人类生命情感的放大器，可以让琐碎的日子悠远且长，苟且的生活充满诗意，平淡的人生开出花的确幸和惊喜。

——石稼先生

什么是仪式感？埃克苏佩里《小王子》一书里说："仪式感，就是使某一天与其他日子不同，使某一刻与其他时刻不同。"李思圆在《生活需要仪式感》一书中说："仪式感，是一种对生活认真、尊重、敬畏且热爱的态度。"尽管两位作家对仪式感的描述不同，一个侧重于时间，一个侧重于生活，但两位笔下仪式感都是对生命尊重和热爱的最直接方式。

中国五千年文化中，一直不缺乏仪式感，大凡人生的重要阶段、节点，如满月、成人、结婚、晋升、死亡等等，都通过仪式来彰显其庄重和严肃。但其中有个致命的问题，就是绝大多数人的仪式感是从修身、齐家、治国、

平天下的逻辑中衍生出来的，其结果是仪式成了摧残、泯灭人性的枷锁和帮凶，"存天理、灭人欲"在一定时期大行其道。

当今社会，人性空前解放，那些套在身上的仪式的枷锁被一一打破。当仪式不再是仪式的时候，我们突然感到了没有仪式感的恐慌和无趣，缺乏仪式感在一定程度上让社会失去秩序、人生失去方向、生命失去坐标、生活失去质量，人们需要在尊重人性、敬畏生命的基础上重塑一种新的仪式。王小波说："一个人只拥有此生此世是不够的，他还应该拥有诗意的世界。"而仪式感就是通往诗意世界的一把钥匙。

仪式感让我们的生活更具尊严。村上春树说："仪式是一件很重要的事情，否则人生只不过是干巴巴的沙漠而已。"仪式感的重要性在于让人类从事的活动更有尊严和厚度，比如中国古人提倡沐浴时要焚香、赏菊时要抚琴、读书前要洗手等等，时间和行为就是在这种敬重和庄严肃穆中体现了文明的价值和意义。

仪式感让我们的生活慢下来。有人说："你不可能在麦当劳旁边的十字路口，找到上帝。"因为在快餐时代，时间是奢侈品，而仪式感需要时间，需要停下来按照仪式的动作和规矩去做。京剧里有时一个字能撕心裂肺地唱好几分钟，直到把你唱哭了，这也是一种表达感情的仪式，让人用心体验隐含在仪式中的情感。白岩松在《幸福了吗》一书中说，寻找幸福的方法是让自己的脚步慢下来。蒋勋在他的《品味四讲》中说，所有生活的美学都在抵抗一个字——忙。而仪式感，让我们在急功近利、物欲横流的世界里慢下来，通过时间来恢复人性的本来面目，让生活在仪式中多一些庄重的色彩。

　　仪式感能让我们活得更精致。人生中，最常态的生活不是激情而是平淡，如何在平淡的日子里活出质量和讨到自己想要的生活，增加仪式感是最好的捷径，也是每个人都能轻而易举实现的权利。《绝望的主妇》中Lynette 对 Tom 说："无论身心多么疲惫，我们都必须保持浪漫的感觉。"很多时候，我们之所以觉得生活太粗糙、太无聊，是因为缺少仪式感。

　　>>　石稼先生说，老天不会亏待每一个用仪式感装扮生活的人。在这个越来越不容易被感动的世界里，仪式感是人类生命情感的放大器，可以让琐碎的日子悠远且长，苟且的生活充满诗意，平淡的人生开出花的确幸和惊喜。

不要让伪仪式感吞噬了你的生活

人生大多时候，其实都挺无聊。装作快乐自信，唯恐别人小瞧。

——老树

靠伪仪式感填充生活的人，会让生活陷入旋涡，留下一地鸡毛。

——石稼先生

这几年，围绕生活要不要加点仪式感的话题被各种刷屏，甚至被赋予了很多使命和意义。正是带着所谓的神圣使命和绝对正确，一些伪仪式感大行其道，让人哭笑不得，甚至直接干扰了人们的正常生活，成为沉重的负担，一个如此庄重美好的词也到了需要正名的地步。

判断一件事、一个行为是不是真正具有仪式感，其实很简单，一是要看其是否让你的人生更有尊严和喜悦，二是要看其是否出于对生命的敬重和热爱，三是要看其是否代表了你的初心。结婚办一场隆重的婚礼，如果你能负担得起昂贵的开支且又是因爱而行，未尝不是一个表达爱的经典。如果因此而债台高筑，就是舍本逐末、得不偿失了。吃早餐要穿得像奥黛丽·赫本一样精致优雅，需要充足的时间、经济基础和美丽心情，如若不是，那就换一种适合你的仪式来装点早餐。

人生大多時候其實都挺無聊裝作快樂，自信惟恐別人小瞧。

吾儕美人生大丰裝衣有錢裝衣幸福裝衣有文化有品味，其實就是一個掩耳次鈴鈴的過程而已

戊戌冬日老村造圖

仪式很重要，因为它能把中国人骨子里的深沉内敛表达得淋漓尽致，但仪式毕竟是仪式，不能取代仪式背后所蕴含的生命情感和意义价值。真正的仪式感，源于内心的感动，源于对生命、对自然、对人生的尊重和敬畏，忽略了这一点，仪式也就沦为了形式，成了伪仪式。

现实生活中，伪仪式总是与虚荣炫耀、招摇过市、跟风迎合、显摆造作、表里不一、浮夸作秀等联系在一起。当这些充斥着你精心设计的"仪式感"的时候，带来的并不是心灵的净化和精神的愉悦，相反，带来的可能是内心世界的混乱不堪。

有人说，人生就像在一条漫长的暗黑河流里漂泊，仪式感就是人类于河流上建造的闪闪烁烁的小灯塔。靠这些灯塔，我们才能标定存在。而伪仪式感会让精神世界更加黑暗，它标定的不是宣示存在的灯塔，而是误入歧途的迷宫。

对于一个真正尊重生命、把平淡生活过成诗的人，所有的仪式都是发乎情发乎心的，与花多少钱、玩多少花样、搞多少程序没有关系。三毛在《撒哈拉的故事》里，把沙漠的艰苦生活，打磨成了浪漫的诗句和引来无限遐想的远方，让仪式以庄重的形式回归心灵。三毛说："长久的沙漠生活，只使人学到一个好处，任何一点点现实生活上的享受都附带地使心灵得到无限的满足和升华。""生命的过程，无论是阳春白雪，青菜豆腐，我都得尝尝是什么滋味，才不枉来走这么一遭！"三毛的这些充满仪式感的生命体验跟矫情无关，只跟对生活的热爱和对幸福的追寻有关，这才是仪式的本来面目。

>> 石稼先生说，伪仪式感犹如一袭华丽的旗袍，看似精致华丽的背后其实多是不堪，里面甚至爬满了虱子。靠伪仪式感填充生活的人，不但增加不了人生的高度和厚度，反而会让生活陷入旋涡，留给你的只有一地鸡毛。

学会爱自己是一种能力

世事总是无常，不必怨尤伤悲。待到春风吹起，和你去看蔷薇。

——老树

拥有爱自己的能力，你就拥有了享受人生和发现幸福的能力，你的生命才真正属于自己。

——石稼先生

天才喜剧幽默大师卓别林在他 70 岁生日当天写下了德语诗《当我真正开始爱自己》，诗的开篇说："当我真正开始爱自己，我才认识到，所有的痛苦和情感的折磨，都只是提醒我，活着，不要违背自己的本心。今天我明白了，这叫作真实。"

卓别林 70 岁才由衷地发出"真正开始爱自己"的感慨，说明一个人能悟到爱自己并付诸实施何其之难。现实生活中，很多人连爱自己的意识都没有，更遑论说有爱自己的能力了。学会如何爱自己，是人生一堂重要的必修课，随着年龄增长和阅历增加，你会发现越来越不想取悦别人，越来越感到取悦别人远不如取悦自己来的有意义，开始认同"悦人者众，悦己者王"的道理。

　　从心理学角度讲，爱自己就是一个人能够愉悦地接纳自己、喜欢自己、善待自己，能把自己身上存在的优点和缺点、长处和短板、辉煌和平淡、成功和失败、正确与错误等诸多复杂矛盾的特质糅合在一起并接受下来。而现实生活中，不接受、不爱惜自己的例子比比皆是，人被各种诱惑所驱使，异化为本我的反面。比如，不爱惜自己的身体，用不健康的生活方式去戕害追求健康的权利；不正视自己的缺点，用非此即彼的大刀将自己劈成好的和不好的两半，不接受自己不好的一面；不懂得如何快乐，每日被名利、地位、金钱、欲望所困，甚至为达目的，不断刷新做人的底线，直至扭曲灵魂，迷失自己，等等。

世事總是無常
不必怨尤傷悲
待到薔薇吹起
知你去香薔薇

"酒色财气四堵墙，人人都在里面藏。若能跳出墙垛外，不是神仙寿也长。"东坡先生说的就是只有跳出了酒色财气的围堵，才能进入爱自己的神仙境界。很多情况下，一个人要提高爱自己的能力，关键是要有"戒之在得"和舍得的能力。看看那些因酒色财气而身败名裂甚至丢掉性命的人，就会明白，"戒之在得"不仅能让一个人真正回归到爱自己的人性之初，有时还是拯救你的一剂良药。舍得，则会提升你爱自己的层次和境界，让身外之物在舍与得中彰显爱自己的能力。《了凡四训》中说："舍得者，实无所舍，亦无所得，是谓舍得"，道尽了舍得的人生智慧和处世艺术。套用老子在《道德经》里的一句话"天地不仁，以万物为刍狗"，爱自己就是"君子不仁，以舍得之物为刍狗"。只有这样才能记得初心，才能知道生命从哪里来又到哪里去。

>> 石稼先生说，爱自己不是天赋之权，是一种在爱与被爱的经历和体验中习得的能力，涵盖了以本心为归宿的与自己建立良好关系的能力、发现自己内心需求的能力、包容接纳自己缺陷的能力、取悦和欣赏自己的能力以及爱别人的能力。拥有了这些能力，你就拥有了享受人生和发现幸福的能力，你的生命才真正属于自己。

我们都应该学会精致地活着

今日阳光灿烂，扛花走在山冈。春风有点意思，不禁胡思乱想。

——老树

人类命运的有趣之处在于一半掌握在上帝手中，一半掌控在自己手中，把掌握在手中的那一半用精致的生活装扮好，时间久了你就会成为一个精致的人。

——石稼先生

不知从什么时候开始，追求精致生活成为一种时尚，有时还成为一种人设标准。追求更高质量的精致生活不仅是一种权利，更是一种进步。

精致生活既是一种生活标准，也是一种生活态度。精致有三个层次：物质生活的精致、行为方式的精致、精神世界的精致。

从物质生活看，精致生活不是用金钱和各种奢侈品堆砌而成的，而是把生活的细小过出一种质感的美好。李银河说过："真正的精致，从来都不是表象。"精致的物质生活，就是在能力范围内，让有限的物质产生最大限

度的有趣和美好，体现出一种用心生活的态度和发自内心的向上生命力。现在我们面临的最大问题不是物质匮乏，而是我们对物质生活的追求过于贪婪，使心灵越来越荒芜，以致在物欲横流中迷失自己。结果是我们拥有的物质越来越丰富，但品味和感知物质的心却越来越粗糙。

从行为方式看，就是你的行为方式一定是经过精致思考、精致筹划和精致选择的结果，表现为行为的儒雅和心理的惬意。一系列精致的筛选，会使人的行为发生变化，比如，与人交往增加了选择性，择善而交；与人相处回归本性，不再委屈自己，选择与喜欢和有趣的人相处；处理问题冷静而理性，既妥善解决又避免被动，等等。文明儒雅的行为和挂在脸上由内而外的惬意不仅是社会进步的重要标志，更是人类精致生活的缩影。

从精神层面看，精神生活的精致是精致生活的核心，物质生活和行为方式的精致，是一个人精神世界的外在反映。钱钟书先生说："洗一个澡，看一朵花，吃一顿饭，假使你觉得快活，并非全因为澡洗得干净，花开得好，或者菜合你口味，主要因为你心上没有挂碍。"所有的精致和不同，都源自精神世界的态度和选择。一个人能不能"富养"自己，不是由物质和行为方式决定的，而是由精神需求决定的。精神生活的精致可以让物质生活和行为方式更有品位和格调，也更能让你真正掌控住人生轨迹，防止因环境和诱惑而导致人设崩塌。

如果我们给生活用精致做个二元划分，人一生有精致地活着和不精致地活着两种活法。生而为人，来是偶然，去是必然。这一来一去的人生旅程，我们不能决定这一生是贫穷或是富贵，是健康或是疾病，是长命百岁或是英年早逝，但有权决定活得精致或是粗糙。只要你有一种骨子里的不凑合、不将就、不屈服，有对生活的热爱和追求，就会以多样的姿态精致而深情地活着。

>> 石稼先生说，人类命运的有趣之处在于他一半掌握在上帝手中，一半掌控在自己手中。我们的文明和进步在于把掌握在自己手中的那一半用精致的生活装扮好，当我们刻意地装扮久了，就会内化为一种习惯和乐趣，自己也就成了一个精致的人。

未经思考的生活不值得一过

天上月亏月圆，地下有喜有悲。任你怎么折腾，尽头一把寒灰。

——老树

只有懂得思考的人，才拥有真正的人生。无论如何，人生只有那么长，幸福地过不是更好吗？

——石稼先生

"未经思考的生活不值得一过"，是古希腊著名哲学家苏格拉底的名言。他和他的学生柏拉图，以及柏拉图的学生亚里士多德并称为"古希腊三贤"，被誉为西方哲学的奠基者。后人们常说，苏格拉底是第一个把哲学从天上拉回人间的人。原因在于他的哲学聚焦于人生，提出人不再仅仅是自然的一部分，而是和自然不同的另一种独特的实体，人类追求的真理不能求诸自然外界，而要反求于己、研究自我，做"心灵的转向"，于是便有了这千古名句——"未经思考的生活不值得一过"。

苏格拉底看到了人类麻木生活、蝇营狗苟的一面，提出人生要思考的命题。其实，思考本是人应具有的基本能力，而动物不具有思考的能力，

主要依靠本能生存。人类具备了思考能力，才能不断改过，不断进步。放弃了思考能力，放大感官刺激的追求，就把自己降低到了动物的水平。

　　思考虽然是人生命题中的应有之义，但我们不必强迫自己像希腊哲学家那样仰望星空思考宇宙奥秘和人类何去何从，也不必如苏格拉底去探求人生的普遍真理、终极价值。从哲学、哲人拉回到活生生的现实，我们要思考的不是国家大事和如何成为英雄，随时准备奉献一切和牺牲生命，不是要成为马云、马化腾、李彦宏、雷军式的企业家，也不是要有王健林式的先树立挣一个亿的"小目标"，而是思考在成熟的公民社会中一个普通人如何能拥有自己的小确幸，如何把那些看似不起眼的微小但确切的幸福与满足，装点成人生常态中的愉悦和快乐。

　　日本作家村上春树的随笔集《兰格汉斯岛的午后》中有一篇叫《小确幸》的散文，文中说，他自己选购内裤，把洗涤过的洁净内裤卷折好然后整齐地放在抽屉中，就是一种微小而真确的幸福与满足。只是这些真确的幸福与满足正在被快节奏的生活、不断加大的工作压力、对金钱权力和地位等的追逐所淹没，失去了人生该有的一些重要因果。比如，快节奏降低了生活的成本，但因为快反而让生活失去乐趣；工作压力的升高提升了工作效率，但也容易让人陷入焦虑、苦闷和抑郁；金钱、权力和地位往往被看作一个人成功的重要标志，但过度的欲望让人异化为攫取名利的工具，甚至利令智昏，丧失做人的底线。

　　其实，人生本是一幅美丽的风景画，所有的抉择和行为都不过是这幅画的画笔和颜料，如何描绘你的人生，取决于你对画笔和颜料的掌控能力。

犹太谚语中有句非常经典的话："人类一思考，上帝就发笑。"捷克作家米兰·昆德拉在著作《不能承受的生命之轻》中也用这句话来描述人类的渺小和自作聪明的愚蠢行为。上帝发笑，是因为你对人生画笔和颜料的掌控能力出了问题。不想被上帝嘲笑，就要在掌控力上多着墨，把关乎一生的主要事情思考明白。比如，把生死看明白，做事做明白，学习学明白，处世处明白，人生活明白，等等。

>> 　石稼先生说，只有懂得思考的人，才拥有真正的人生。思考的过程是认清自我、接受差距的过程，也是不断"种因"的过程，种"善因"还是"恶因"，由己决定。善于思考的人，更容易做出听从内心世界的选择，也更容易获得幸福感。因为他们明白，无论如何，人生只有那么长，幸福地过不是更好吗？

余生要倔强地活成自己喜欢的模样

夜半听首歌曲，一个男人在唱。

——老树

上苍赐予你这一次生命，你对上苍最好的回报就是活成自己的模样，这样才能在时间中蜕变，在磨难中涅槃。

——石稼先生

浙江大学博士侯京京跳钱塘江事件曾震撼了朋友圈。他的遗书这样写道："可能只是我不太喜欢，也不太适合这个世界，所以不想再多做停留了，不想再撒谎，只想做我自己而已，是真的难……"

我们可以从侯京京的这段文字中感受到他对这个世界的不满，更能感受到他对过去的自己的绝望、不满意，对未来的自己毫无憧憬，只觉得再在这个世界多停留一秒，都是一种折磨。

侯京京以极端的方式表达了对人生难以活成自己模样的抗议。其实，我们坐下来审视自己和环视周边的人，大家又何尝不是侯京京呢，只是没

有这么极端罢了。对当下的自己而言，过去的自己是不是喜欢的模样已经不重要了，已是过眼云烟和逝水年华的追忆了。过去没有活成自己喜欢的样子，我们有很多个理由为自己开脱，比如，金钱不够限制了想象力、时间不足压制了自我成长、时运不济错过了理想，等等。但当下和看这篇文章的此时此刻，我们没有理由再不遵从内心的呼唤，努力把余生活成自己喜欢的模样。

活成自己喜欢的模样，是一个人生下来就有的权利。小时候，我们被教育长大后要成为这样的家、那样的家，那是大人们为我们塑造的未来模样；长大后，当丰满的理想和骨感的现实绞杀在一起时，我们的模样变得面目全非起来，忘了，也失去了初心。

网络上流传这样一个初心故事：邻居老王家养的一只信鸽，长途跋涉到云南西双版纳老王原来插队时的老乡家送信，回家后累死了。老王悲恸不已，不想给信鸽土葬，想火葬，让信鸽在火葬中化作一缕青烟，回到一起插队时的云南故乡。谁知道信鸽在干松枝的炙烤下越烤越香，后来老王就买了两瓶啤酒……很多事情，走着走着，就忘了自己的初心。

听过这么一段话：一个人最好的状态就是眼里写满了故事，脸上却不见风霜，不羡慕谁，不嘲笑谁，不依赖谁，只是默默努力，活成自己喜欢的模样。水深不语，人深语迟。这样的人，就是那个和这个世界拉开距离，倔强地活成自己的人。如何不忘初心，活成自己喜欢的模样，要解决好两个问题，一个是要有自己喜欢的确定模样，另一个是要有追逐、实现自己模样的毅力和勇气。每个人经历阅历不同，观念理念各异，一千个人有一千种活法，我们要做的不是活在别人的世界里，更不能把别人的评判标准当作自己的标准。

自己喜欢的模样不是海市蜃楼、空中楼阁，是基于过去的记忆和认知打造成的有围墙的内心世界。在这个世界里，不管是风雨兼程、责任担当，还是跌跌撞撞、满身泥泞，都是值得喝彩和称赞的。因为，在这个世界里，你如是来过，也如愿来过。经历过人生的起落、悲喜、得失等林林总总，那些苦难、委屈、心酸和无奈汇聚在一起，会让那颗深藏已久的初心在不经意间蹦跳出来：不再委屈自己，重新活回自己，过自己想要的生活。罗曼·罗兰说：真正的英雄主义是在看透生活的本质后，依然能保持对生活的热爱。其中一个重要前提是你所热爱的一定是自己喜欢的生活。

>> 石稼先生说，上苍赐予你这一次生命，你对上苍最好的回报就是活成自己的模样。人生能不能活成喜欢的模样交给上帝和命运，要不要活成喜欢的模样交给自己。没有这样的勇气和对赌，你就不能在时间中蜕变，在磨难中涅槃。

此生要多和有趣的人在一起

世事越想越无奈，不知何时好起来。周末朋友聚一处，扯扯淡，吹吹风，打打牌。

——老树

和有趣的人在一起，一辈子时间很短却很有趣。多和有趣的人相处，多寻找有趣的事去做，时间久了，你也就成了一个拥有有趣灵魂的人。

——石稼先生

作家王小波说："一辈子很长，就找个有趣的人在一起。"王小波说的是爱情的标准，幸运的是，按照这个标准，李银河找到了他，王小波灵魂的有趣掩盖了他的相貌。他对李银河说得很动情的一句话是："一想到你，我这张丑脸上就泛起微笑。"

其实，在人生的旅程中，和有趣的人在一起，不仅是爱情的标准，也是人生的标准。我们没办法决定此生会遇到哪些人，哪些人会成为你的领导和同事，哪些人要长期打交道，但我们有权选择多和谁在一起。周迅在拍《窃听风云》第三部时有段经典的话："对我来说，与谁拍戏比戏份重要，生命就这么长，要和有趣的人一起度过。"这就是尊重自己的选择权。

怎样才算有趣的人，可以列出要有见识、有学问、有经历、有品位、有创造力、有激情、很幽默、很睿智等诸多条件，其实，有趣的人就是智慧超出了现实需要的人，通俗说，就是让人觉得很可爱的人。这样的人能把生活过得有滋味、有品位、有趣味，和这样的人交往，仿佛为已知的世界打开了一扇未知的大门，迈进去会品尝到生活不一样的滋味，感受到不一样的品位，碰撞出不一样的灵感和思想火花，自己也会不自觉地有趣起来。

大千世界无奇不有，但我们生活的这个大千世界多数时候既无奇人也无奇事，奇闻逸事多在报纸上、网络里，能遇到有趣的人更是凤毛麟角。英国著名作家王尔德说："这个世界上好看的脸蛋太多，有趣的灵魂太少。"因此，如果你碰到一个有趣的人，就是难得的缘分和福报，一定要珍惜。

和有趣的人在一起，要懂得宽容。"远处有风景，近处无伟人"，审美疲倦和喜新厌旧是人类的本性缺陷。和有趣的人在一起，时间久了，就没了神秘感和敬畏感，既会如审美疲倦一样，容易失去原有的兴趣和动力，也容易将对方的缺点放大，失去欣赏他有趣风景的能力。张爱玲说："也许每一个男子全都有过这样的两个女人，至少两个。娶了红玫瑰，久而久之，红的变成了墙上的一抹蚊子血，白的还是床前明月光；娶了白玫瑰，白的便是衣服上粘的一粒饭黏子，红的却是心口上的一颗朱砂痣。"爱情如此，和有趣的人在一起也是如此，要避免落入人性缺陷的陷阱，不要让那个有趣的人最终成了你人生的"一抹蚊子血"或"一粒饭黏子"。

和有趣的人在一起，要理解差异。你认为的有趣还是无趣的人，有一个共同的特质，就是那个他与你是有差异的，只不过有趣的人带给你的是快乐，和他在一起很舒服，甚至很有故事；无趣的人带给你的是庸俗和苦闷，甚至是灾难和事故。和有趣的人在一起，不必苛求他能和你同频共振，更不要苛求他能对你的故事感同身受，如同"人不能两次踏进同一条河流"一样，世上本就没有什么完全同频共振的感受和感同身受的经历。即便是相同的事情、相同的情况，也会因人的知识、阅历、格局等的不同，感受也不同。有时你所谓要死要活不能过去的一个坎，在别人看来不过就是放了一个屁，臭几秒钟就消散了而已。因此，能将你带入有趣的频道，进入有趣的共振，就是最好的遇见。

>> 石稼先生说，和有趣的人在一起，一辈子时间很短却很有趣；和无趣的人在一起，一辈子很长却很无聊，有趣的倏忽和无聊的漫长构成了人生的相对论。既然生命的长度是相对的，那就不要让这一生总是枯燥无味，也别总是委屈自己，多和有趣的人相处，多寻找有趣的事去做，时间久了，你也就成了一个拥有有趣灵魂的人。

余生要努力做一个有趣的人

别跟我谈江山，别论春秋社稷。人世百般折腾，不过几场游戏。

——老树

有趣是相对的，弄巧成拙或南辕北辙是有趣世界里的常态，一个群体中的有趣也许是另一个圈子里的无聊。如果你能认识到这个凉薄的世界不值得你过得不开心、不有趣，那么你就是人生的最大赢家。

——石稼先生

这两年，"有趣"变成了一个热门词汇，常会听到"成为一个有趣的人""和有趣的人在一起"等等。不管是希望别人有趣还是自己有趣，"有趣"代表了富裕起来的中国人的精神觉醒和心灵重建，也说明这个快速发展的社会，有趣已经成了一种稀缺品质。

什么是有趣？俗话说，好看的皮囊千篇一律，有趣的灵魂万里挑一。新锐作家王小圈在《如何成为一个有趣的人》一书中，对什么是有趣做了注解：现象上，有趣是一种令人惊喜的意料之外；本质上，有趣是对精神世界深远的探求。其实，有趣可以概括为一句话，就是人格的魅力和真理的力量，通俗地讲就是既能愉悦自己，也能愉悦他人。

怎样才算是一个有趣的人，有两个维度的标准。一个维度向内，自我愉悦，不管别人看来是有趣或无聊，自己感到很快乐和很幸福；另一个维度向外，愉悦他人，成为别人眼中有趣的人。一个能把独乐乐和众乐乐很好结合在一起的人，就是大众眼中的有趣的人。

有趣，既是一种魅力，也是一种能力。一个真正有趣的人，既要有一套自娱为乐的成熟逻辑，也要有一套与他人同乐的完整三观；一个真正有趣的人，总能发现生活中的快乐与美好，既能把平淡无奇的事变得妙趣横生，又能有效化解各种烦心事。

那么，为什么要有趣？一方面，这涉及人的生命本质，体现了人性和灵魂的觉醒；另一方面，在现实世界里，日益浮躁、焦虑的工作和生活，让我们变得越来越无趣。追求有趣，既是一种自我觉醒，也是一种生命拯救。探究我们与这个赖以生存的星球的关系时，会发现，你的好或不好、贫穷或富贵、活着或离开，都和这个世界没太大关系。也要明白，每天发生在我们身上 99% 的事情，对别人而言多是毫无意义的。但你的有趣或无趣，却百分之百地影响着你的人生，使之熠熠生辉或了无声色。

有人曾在问答类网站 Quora 上问："最令你吃惊的事实是什么？"其中最震撼的答案是："人生只有 900 个月。"用一张 A4 纸画一个 30×30 的表格，每过一个月，就在其中一个格子里涂上颜色。我们的全部人生就在这张纸上。当人生走过大半，拿着这张已经涂了过半的 A4 纸，你会感到莫名的颤抖和恐慌，也会意识到：人生不长，余生更快，400 多个月转瞬即逝，而自己似乎还没有来得及有趣和做有趣的事，就已经老了。

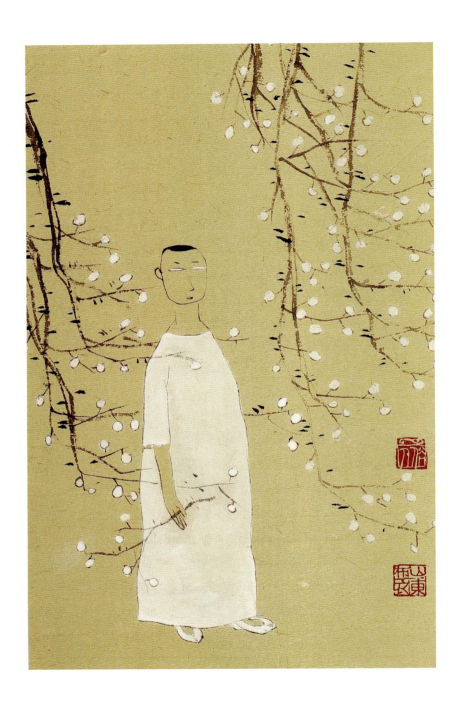

王小波说过，一辈子很长，就找个有趣的人在一起。只是，能不能找到一个有趣的人既要看缘分，也要有时间和耐心。时光不会倒流，在找到那个有趣的人之前，当下要先让自己变得有趣起来。自己有趣才能活在好的生命状态里，才能过一场属于自己的朝花夕拾，不断创造和定格最美的时光。而和有趣的人在一起，不过是你有趣人生的锦上添花罢了，仅是如此，也未必能活成想要的样子。

如何成为一个有趣的人？不同的群体、不同的圈子有不同的标准。王小圈在《如何成为一个有趣的人》中列举了几条"标准"，包括广泛的知识面、敏锐的感知力、足够的鉴赏能力和执行能力、独特的个人标签、明确的喜好、小缺陷的性情中人、独立人格、自嘲心态、快速反应能力、想象力创新和突破等。其实，做一个有趣的人，不必如此的大费周章，既然这是一个物以类聚、人以群分的世界，那么尊重自己的喜好，不随波逐流勉强自己，不刻意取乐别人，在自己的世界里享受生活，也许就是培养有趣的最好选择。

>> 石稼先生说，有趣是相对的，弄巧成拙或南辕北辙是有趣世界里的常态。一个群体中的有趣也许是另一个圈子里的无聊，一个圈子里的欢乐也许被另一个群体视为媚俗。多数情况下，一个有趣的人，就是把不完美的自己完美地展示给真实的同类，并给彼此带来欢乐的人。如果你能认识到这个凉薄的世界不值得你过得不开心、不有趣，那么你就是人生的最大赢家。

做人的最高境界是懂得节制欲望

能有热水洗澡，真真的美好，就想天天泡着，忒不愿意变老。

——老树

人生最高级的活法是懂得给自己的欲望设置边界，随心所欲而不逾矩，通过守正固本防止自己成为最鄙视和讨厌的那种人。

——石稼先生

节制欲望，是一个谈了几千年的老话题，今天又拿出来讨论，是因为近几十年来，我们在推动人性解放的过程中，因个性张扬和欲望释放造成的问题越来越多，也越来越严重。在欲望驱使下，物欲横流、人心浮躁……金钱、权力成了衡量人的成功和价值体现的唯一标准。当膨胀的欲望不断突破伦理道德和法律法规的底线并愈演愈烈的时候，我们突然发现老祖宗几千年来持续不断强调要节制欲望的论述一下子变得有远见起来。从历史上的禁欲主义到当代盛行的纵欲主义，中间"度"的拿捏就是欲望的节制，节制得当会是天使，反之则是恶魔。

欲望同人的生命一样，自脱离母体那一刻起就已经存在，是人最大愉悦值的本能追求，是对能给以愉快或满足的事物或愿望的强烈向往。欲望主要包括生理与精神两个方面，满足正常的欲望，是人类文明进步的体现；满足不正常的欲望，则是人类文明中的邪恶存在，失控时甚至表现为战争等灾难。因此，一部人类史，就是被欲望牵引着的不断进化、不断发展的历史。

西方把欲望列为人类的原罪是从亚当夏娃偷吃伊甸园的苹果开始的，中国对欲望的认识是从"天人合一""道法自然"规律中开始的，通过说理来构建人的生存空间和社会的文明秩序。从先秦时期的"理欲之辨"到孔子的"克己复礼"，再到宋明儒学的"以理制欲"，讲的都是对欲望的管理和控制。

中国改革开放四十多年的历史，是一个人性解放与欲望不断得到释放的过程。但当这种缺乏有效节制的解放和释放大行其道时，欲望如同关在笼子里的野兽，将道德栅栏中的兽性本能毫无节制地释放出来。于是，我们看到了社会风气越来越坏、私欲越来越膨胀、人心越来越不古、道德越来越沦丧、贫富越来越分化、环境越来越恶化、矛盾越来越激化等诸多问题。这时我们才认识到，中国五千年的传统文化中对天理与人欲关系认识中所蕴含的"真理的颗粒"，比如：孔子说，"乐而不淫，哀而不伤""随心所欲不逾矩"；《吕氏春秋》说："天生人儿使有贪有欲。欲有情，情有节"；《毛诗大序》说："发乎情，止乎礼仪"，等等。对欲望缺乏节制的危害，曾有一篇文章善意提醒："未来社会，90% 的人，由于过度放纵欲望，可能会像蛆一样地活着，他们没有能力改变自己，约束自己，而是沉醉在短暂的快感中，直至丧失自己。"

要看到，无论哪个时代，人的行为都是被欲望驱动的，欲望就像一个无底的黑洞，即使走到生命的尽头，还有很多欲望无法满足。耶胡达·阿米亥在《人的一生》中写道："人的一生没有足够的时间去完成每一件事情。没有足够的空间去容纳每一个欲望。"既然穷其一生也没有足够的空间去容纳每一个欲望，节制欲望就显得尤为重要了。节欲不等于禁欲，是有所为有所不为。有所为释放的是那些合理化、道德化的欲望；有所不为，节制的是那些触犯道德和法律底线的贪婪欲望。所有官员的腐化堕落、明星的人设崩塌、平常人的底线失守等，都是在有所不为上出了问题。欲望的绳索两端，一端拴着文明，一端拴着堕落。节制提供了一种平衡性和伦理性保护，让你明白欲壑难填的危险，防止滑向堕落的一端。

无数关于节制欲望的大小道理和教训都印证一个道理：无论成功人士还是平凡的普通人，懂得管理和节制欲望都至关重要，它是人生境界提升的关键所在。人和其他生物的最大区别是人有节制欲望的能力和智慧，通过节制欲望，摆脱金钱名利的束缚，摆脱各种欲望的操控，回归生命最本真的自由状态。演员陈道明说："做人的最高意境是节制，而不是释放，释放很容易，但难的是节制。"

人节制欲望的过程，就是在知足和不知足之间不断选择和取舍的过程。不知足是欲望的有效释放，让人不断追求更加美好的生活。知足是欲望的有效节制，防止人异化为欲望的工具，最能体现一个人的涵养和自控力。刘墉在《萤窗小语》中说出了节制与境界的关系："话到七分，酒至微醺；笔墨疏宕，言辞婉约；古朴残破，含蓄蕴藉，就是不完而美的最高境界。"

>> 石稼先生说，人最大的敌人是自己的欲望。欲望一半是天使，一半是魔鬼，扮演天使时，欲望使生命更美好、更自由、更随心所欲；扮演魔鬼时，欲望会撕扯我们的生命，控制、主宰我们的人生。人生最高级的活法是懂得给自己的欲望设置边界，"随心所欲而不逾矩"，通过"守正固本"防止自己成为最鄙视和讨厌的那种人。

不要活在别人的眼光里，也不要总活在自己的世界里

不必装作孤独，也别说你悲伤。你去看看山河，从来都是那样。

——老树

人生最大的成功不是站在金钱和名利的金字塔尖，而是既能坚守初心，不卑不亢，自豪地为自己活着，又能敢于放空自己，不偏执、不狭隘，善于倾听和接纳别人的意见。

——石稼先生

首先要明确一个概念，这个"别人"是谁。"别人"是一个和自己有关联度的群体和由此形成的舆论场，包括我们的衣食父母、亲戚朋友、领导同事等等，甚至包括路人甲、路人乙。而在这样一个信息交互频繁、人际关系复杂的时代，"别人"的范围和功能又被不断放大。

我们每天与各种各样的人打交道时，会自觉不自觉地被海量信息诱导、暗示或塑造，通过线上线下、直接间接、网络现实等各种渠道，频繁地接受着各种喜欢的不喜欢的、好的坏的、真实的虚构的、正确的错误的、客观的片面的等褒贬不一的评价。由"别人"这个群体汇聚的冷嘲热讽、闲

言碎语、舆论风潮、网络热点等，使"我是谁""谁是我"的哲学命题成为困扰很多人的现实问题。如何在这个复杂的社会中不忘初心、活出真实的自己，考验着每个人的智慧。

美国社会学家、现代象征互动理论的集大成者布鲁默提出的"自我互动"理论认为：人能够自我互动，在将外界事物和他人作为认识对象的同时，也把自己本身作为认识的对象，在这个过程中，人能够认识自己，拥有自己的观念，与自己进行沟通或传播，并能够对自己采取行动。自我互动过程中，人脑中会出现关于他人的期待，个人会沿着自己的立场或行为方向对他人的期待进行能动的理解、解释、选择、修改和加工，并在此基础上重新加以组合。"自我互动"在本质上是与他人的社会互动的内在化，是与他人的社会联系或社会关系在个人头脑中的反映。

"自我互动"理论告诉我们：人经过自我互动后，其所形成的新的自我既不是别人评价和期待的那个自己，也不是原来意义上的自我，而是一个新的行为主体。人要活出一个理想的满意的自我，最关键的是既不要因活在别人的眼光里而丧失自我，也不要因总活在自己的世界里而偏执狭隘。

叔本华说，人性一个最特别的弱点是在意别人如何看待自己。这个特别的弱点往往导致我们习惯在关键问题上犯错误，面对各种评价、期待时容易丧失自我，面对各种诱惑、考验时往往迷失方向。这与我们从小所受的教育和引导有着极大关系，从幼儿园到大学我们被教育成要符合父母、老师期待的样子，工作了要符合单位领导和同事的期待，在社会中要符合社会角色的期待。一旦出现不符合的期待或批评，就会陷入自我否定的自卑情绪。因此，希望得到别人的认可和期待几乎贯穿了我们的一生。当我们把尽可能符合别人的评价当作人生的必需品时，就已经误入歧途了。

《伊索寓言》中有个父子骑驴的寓言故事，讲的是他们无论怎么做，总会有人告诉他们做得不对，最后竟然滑稽到父子俩驮着驴走。其中蕴含的道理是人一定要有主见和自信，有判断是非的能力，不能什么事情都迎合别人的想法，看别人的眼色，听别人的评价。

"一千个读者，就有一千个哈姆雷特"。每个人生活在世界上，角度不同、立场不同、境界不同，导致对人对事的评价也不同，有时甚至南辕北辙。事实上，哈姆雷特作为一种存在只有一个。想要找到我们心中那个真实的哈姆雷特，就不能活在别人的嘴里眼里，而是要遵从自己的内心选择，去独立思考和判断，把决定权掌握在自己手里。

生活在社会中，谁也不希望自己成为别人讨厌的那个人，但这个世界上有太多人的太多想法、太多不同意见，你不可能得到所有人的喜欢和认同。俄国著名作家列斯科夫说过：世界上有两种人，一种活着给别人看，一种是给自己看。多数情况下，我们总是在第一种人的旋涡里打转，太在意别人的言论，太高估自己在他人心目中的地位，太害怕淹没在蜚短流长中，不敢做自己喜欢的事情。一个习惯把别人的评价当作自己的人生方向、生活在别人的价值观里，并不遗余力地花时间和精力去取悦他人的人，其结果只能导致人生的失衡和本性的迷失。

在避免为别人而活导致人生失衡的同时，也要避免狭隘地活在自己以为

不必装作孤独
也别说你悲伤
你去看看
山河从来
都是那样

午夜村人制衣造

的世界里，不能以一句"走自己的路，让别人说去吧"来屏蔽和隔离所有的正确意见。人作为客观存在的主观动物，缺点和优点是人同一个特质的表里两面。正因为如此，人才有正负两面或褒贬不一的评价。《状元媒》里的一段话很形象："大羹必有淡味，大巧必有小拙，白璧必有微瑕。物件和人一样，人尚无完人，更何况是物。"把这点想清楚了，人就会变得警醒和理性。客观正确的评价，可以促使我们躬身反省，解决问题；对不正确的评价，可以报以宽容和微笑，规避不必要的解释和争论。因为解释和争论，只在两种情况才有意义，一种是这个人的意见很重要，一种是这件事的对错很重要。

美国社会学家库利提出了著名的"镜中我"概念，他认为人的行为在很大程度上取决于对自我的认识，这种认识主要是通过与他人的社会互动、他人对自己的评价等形成的，是反映自我的一面"镜子"，透过这面"镜子"认识和把握自己。这也许是别人眼光和评价的积极作用和正向意义。

>> 石稼先生说，人生最大的成功不是站在金钱和名利的金字塔尖，而是既能坚守初心，不卑不亢，自豪地为自己活着，又能敢于放空自己，不偏执、不狭隘，善于倾听和接纳别人的意见。做到这一点，你不仅是个成功的人，也是一个有风度、有雅量、有品德的人。

不要活成自己最讨厌的那个样子

世间多少事，从来没输赢。何必争高下，弄得伤感情。

——老树

善与恶是人作为自然人和社会人的一体两面。人生的修行就是压制住那个你讨厌的本能冲动，只释放那个你喜欢的真实自己。

——石稼先生

最近，在姚晨、郭京飞、倪大红等实力派演员出演的现代都市家庭剧《都挺好》中，姚晨饰演的小女儿苏明玉有一句台词扎了很多人的心："我努力了这么多年，居然变成了我最恨的人。"很多人感慨，自己就是那个现实版的苏明玉，无论自己如何努力如何想改变，最后活着活着，还是活成了自己最讨厌的那类人。

人最终活成什么样子，既有命运的安排和时代的限制，也是面对各种诱惑和困难时的选择的累积。我们不能要求生活在日本帝国主义铁蹄下的二十世纪三四十年代的中国人，在面临亡种亡国危险时去鼓励他们追求诗和远方，也不能要求当下的人们在追求美好生活时，迫使他们放弃个人梦想和追求。国家危难时期，有些人活成了民族的英雄和脊梁，有些人却活成了汉奸和败类，被钉在了历史的耻辱柱上。和平时期，有些人活出了自己喜欢的模样和人生的精彩，有些人却活成了自己讨厌和痛恨的样子。这些，都是每个人选择和再造的结果。爱因斯坦说，衡量智力的标准是人的自我改造能力。其实，智力的背后是选择的智慧。当由选择导致的自我改造完成后，那个最后的你的模样也就成型了。因此，你不能责怪这个时代不公、抱怨命运不济，因为你无力改变，你唯一能改变的是通过你的智慧选择改变你自己。

客观而论，除了英雄、伟人、梦想家和天才不能以喜欢或讨厌的标准衡量外，生活在这个星球上的每一个普通人都或多或少有自己讨厌样子的模板或标准。但究其共性，包括：虚伪做作、颐指气使、自以为是、没事找事、阿谀奉承、心口不一、自私冷漠、虚情假意、装模作样、挑拨离间、品行恶劣、脏话连篇、举止粗俗、缺乏爱心、搬弄是非、爱耍手段、爱占便宜、婆婆妈妈、拿人开涮、出卖朋友、不讲信用、浮夸吹嘘、卑贱堕落、溜须拍马、唯利是图、趋炎附势、锱铢必较、虚伪轻浮、缺乏担当等等。当把这些让人讨厌的共性特质罗列出来后，再环顾周边，我们会发现不论是成功人士还是一直在卑微讨生活的人，都会或多或少不同程度地拥有着。只是多数人在意识层面，既不愿意去承认，更不愿意去面对。

这种共性恶习发展到一定程度，就会变成自己或别人讨厌的那类人。《致青春》里陈孝正说："人啊，往往最后都变成自己讨厌的样子。"他说这话的时候是望着一地烟头吞云吐雾。极具讽刺意味的是，大学时的陈孝正是最受不了舍友抽烟的那一个人。

世間多少事

從來沒：

輸贏何

必爭高

不再得

傷感情

吾倦矣

人在江湖

戊戌

老樹村口信印

不管过什么样的生活，你都要明白，这个社会不是一个理想王国，更不是童话世界。你需要和形形色色的人打交道，需要面对太多让你讨厌的游戏规则或潜规则，需要面对很多违背你意愿甚至触及你底线的生存法则。这些人和游戏规则如同一个巨大的染缸，会不断把你从风华正茂的同学少年，染成自己都憎恨的言不由衷和戴着伪善面具的世故之人。很多人在这个大染缸里待久了，哪里还记得当年的初心何在。韩国有一部电影叫《薄荷糖》，讲的是一个男人如何从傻白甜最后变成自己最讨厌的既暴力又渣的油腻中年大叔的故事。这部电影以倒叙方式展现的主角金永浩的人生悲剧，又何尝不是一些现实悲剧人生的速写。

　　《弟子规》中说："见人善，即思齐，纵去远，以渐跻。见人恶，即内省，有则改，无加警。"意思就是看见他人的优点或善行义举，要立刻想到向他学习看齐。即使目前的能力与之相差很多，也要下定决心，逐渐赶上。看见别人的缺点或不良的行为，也要反躬自省，检讨自己是否也有这些缺点，有则改之，无则加勉。孔子在《论语·里仁》中也说："见贤思齐焉，见不贤而内自省也。"意思是看见贤德的人要想着向他看齐，看见不贤德的人要内心反省有无和他一样的行为。我们也许很难按照这样的理想和目标去修身养性，但坚守住不讨自己厌、不让别人烦的底线还是很有必要的。

　　>>　石稼先生说，善与恶是人作为自然人和社会人的一体两面。你最讨厌的那个样子其实是你恶的、不道德的本能欲望的外在投射，是你潜意识里一直存在的东西。投射完成了，你讨厌的样子就变成了你真实的样子。投射被阻断，你就变成了你喜欢的模样。人生的修行就是压制住那个你讨厌的本能冲动，只释放那个你喜欢的真实自己。

人品是一个人"最硬的底牌、最强的靠山"

我有一壶酒，约来好朋友。碰杯尝一尝，妈滴！假酒！

——老树

人最有魅力的地方是人品，它可以弥补智慧的缺陷，但智慧永远弥补不了人品的残缺。做人厚道，赢得的不仅是别人的尊重，更是安稳的一生。

——石稼先生

经历过人生的酸甜苦辣、起起伏伏，你会发现，无论是工作、生活、爱情还是关系的处理，能走到最后而不被唾弃的，只有人品。这一生，职位可高可低、财富可多可少、格局可大可小、人脉可广可窄，但是一旦人品出了问题，整个人生都会显得丑陋和不堪，一些引以为豪的成就也会被鄙视。

吴桂君在《喜欢一个人》中说"始于颜值，陷于才华，忠于人品"，道出了爱情保鲜的真谛，也揭示了人生成功的密码。与人交往，人品好，可以弥补他在能力、眼界、格局、财富等其他方面的短板和不足；反之，能力再强、再有才华，都得不到信任，甚至才华和能力会让人感到不安和威胁。罗斯福说："有学问而无品德，如一恶汉；有道德而无学问，如一鄙夫。"足见人品的重要。

一个年轻人去面试，突然一个老者冲上来说："我可找到你了，太感谢了！上次在公园，就是你把我失足落水的女儿从湖里救上来的！"年轻人诚恳地说："先生，您肯定认错了，不是我救了您的女儿！""是你，就是你，不会错的！"老人又一次肯定地说。年轻人说："真的不是我，您说的那个公园我至今还没有去过呢！"听了这句话，老人松开了手，失望地说："难道我认错了？"

后来，年轻人接到了录用通知书。一次对同事说起了这件事。不料同事哈哈大笑："他是我们公司的总裁，他女儿落水的故事讲了好多遍了，事实上他根本就没有女儿！""什么？"年轻人大惑不解，同事接着说："我们总裁就是通过这件事来选拔人才的，他说过人品过关的人才是可塑之才！"显然，这家公司把员工的人品摆到了要位。

在变幻莫测、险礁隐藏的人生路上，一定要有底牌和靠山。这个底牌和靠山，不是你有多大能力、有多少财富、有多深背景，而是一定要有经得住检验和值得信任的人品。《论语》说："子欲为事，先为人圣"，也即"要做事，先做人"。

什么是好的人品，正向说，就是做人善良、做事执着，对人宽容、对事豁达；反向说，就是不阴险歹毒、不要奸偷猾、不傲慢无礼、不失信于人、不戳穿别人、不争功诿过、不忘恩负义、不落井下石。有了这样的人品，无论人生有多大陷阱、生活中有多少套路、人心有多么不古，你都自带金钟罩、铁布衫，既能遇事处之裕如，进可攻退可守，避免外界伤害，也能遇事保持定力，不惊慌失措，避免自我戕害。巴菲特说，评价一个人时，应重点考察四项特征：善良、正直、聪明、能干，如果不具备前两项，那后面两项会害了你。

>> 石稼先生说，好的人品不是天生的，而是后天不断修行的结果。人品体现的不仅是个人的涵养，更是处事的智慧。人最有魅力的地方是人品，人品可以弥补智慧的缺陷，但智慧永远弥补不了人品的残缺。此生做厚道的人，赢得的不仅是别人的尊重，更是自我安稳的一生。

成熟是坦然接受自己是个普通人

不过有限生涯，只是平常人家，但求平安吉祥，其他不知说啥。

——老树

当想明白你在这个世界并非不可或缺时，无论有没有活成当初想成为的那个人，你都会遵从内心的选择，用自己能够掌控的方式去感受生命的美好。

——石稼先生

长大以后要做个成功的人，至少不能是个普通人，这几乎是我们所有人的历史起点和教育的逻辑起点。然而，对多数人生走过大半的人来说，承认自己是个普通人，是必须要面对的尴尬和残酷的事儿。尴尬是因为从孩提开始，我们的父母、老师、亲朋乃至社会舆论，都期盼我们成为科学家、发明家、企业家等各种"家"，甚至成为叱咤风云和改变世界的人物，没有一种教育告诉我们终将成为一个普通人。残酷，是因为当满满的期待、光明的前景像肥皂泡一样破灭后，我们不知道该如何重新规划自己作为普通人的人生。整个社会所期望的将每个人从小塑造成追求不普通人生的单一价值观，造就了普通人一生都不甘心、一生都过不好的病态心理和价值扭曲。

接受自己的普通和平凡，是一个人成熟的真正标志。周国平说，人生有三次成长，一是发现自己不再是世界的中心的时候，二是发现再怎么努力也无能为力的时候，三是接受自己的平凡并去享受平凡的时候。令人遗憾的是，多数人止步于第二次成长，不甘心穷极一生不过是个普通人的结局。

为什么不甘心成为普通人？因为我们从小就被引导为一定要成为一个不普通的人，要和普通人过上不一样的生活，所以我们一直以来都生活在自己和别人编织的梦里。当这一代不普通的梦破灭后，就会寄托在下一代乃至下下一代的身上。如此循环往复，代代传递，构成了我们的主流价值导向。结果，多数人把本该享受到的普通人的快乐和幸福生活过成了抱怨、焦虑和挣扎的一生。

据统计，90% 以上的人，都会成为普通人。成为普通人，并不等于成为失败的人，更不代表满盘皆输。一个健康成熟的社会，支撑起社会发展的往往正是这 90% 的普通人。能让那些少数的精英阶层或名垂青史或身败名裂的，就是这千千万万的普通人。作家梁晓声说："没有平凡亦普通的人们的承认，任何一国的任何宪法都没有任何意义，'公民'一词也将因失去了平民成分而变得荒诞可笑。"

普通，代表了人生的常态和社会的基本秩序，不普通是个小概率事件，除了先天禀赋、后天努力，更有环境的影响、命运的安排。因此，一个健康的心态是回归大概率，去接受现在的生活，认可现在的自己。其实，平凡和不平凡、普通和不普通远没有想象的重要。《简·爱》中说："当我们

不過有限
生涯只是
平常人家
但求平安
吉祥其宅
不知說啥
丁酉集句
貼罷對聯
閒坐有思
造此樹村

的灵魂穿越坟墓站在上帝面前的时候，我们是平等的。"当繁华褪尽、笙箫归于沉寂时，不论身边的、天边的，还是电视里的、网络里的那些"成功"的人，最后都会归于普通。张爱玲在《半生缘》中说："浮华褪尽，她比烟花寂寞。"如何看透浮华，坦然接受浮华后的普通，考验的是人生智慧。

>> 石稼先生说，当你明白自己不过是个普通人，明白这个世界不只有你，而你对于这个世界并非不可或缺时，无论有没有活成当初想成为的那个人，你都会遵从内心的选择，用自己能够掌控的方式去感受和享受生命的美好。

越是艰难处，越是修心时

千古往事如云烟，多少英雄过眼前。万般荣辱俱往矣，湖山还是好湖山。

——老树

人生的智慧在于修行，越是艰难困苦，越能浸淫心性，越能此心光明，越能尽显生机。

——石稼先生

"越是艰难处，越是修心时"，是明代大思想家、心学集大成者王阳明的经典名句。在浮躁功利和压力山大的当今社会，这句话被很多人奉为修心法宝。

对人生艰难和不易的理解，几乎每个成年人都能说出一摞的故事，举出一堆的事故。在经历了人生不如意事十之八九后，成年人的字典里早已没有了"容易"二字。如何在不易中修心，成了必过的坎儿。张载说："性者理也，性是体，情是用，性情皆出于心，故心能统之。""任凭风浪起，稳坐钓鱼台"，内心的强大与定力，足以抵御外界的狂风暴雨，在对抗中彰显生命的精彩，正如王阳明所说："人人自有定盘针，万化根源总在心。却笑从前颠倒见，枝枝叶叶外头寻。"本心所有的定盘针力量，会让你避免陷入正在经受的苦难和功名的挣扎。

寒山和拾得在《寒山拾得问对录》中有段精彩的对话，昔日寒山问拾得曰："世间有人谤我、欺我、辱我、笑我、轻我、贱我、恶我、骗我，该如何处之乎?"拾得云："只需忍他、让他、由他、避他、耐他、敬他、不要理他、再待几年，你且看他。"因此，修心修的不仅是做人做事的修养，修的更是高明的处世智慧。

如果说人生处处是修行，那么最难的是两种情况，一种是泰山崩于前能否面不改色，另一种是麋鹿兴于左能否目不瞬。在巨大的灾难和名利诱惑面前，人性和欲望的本能会展现得淋漓尽致。艰难时刻的奴颜婢膝和巅峰时刻的"范进中举"，都是人性在极端情况下的本能反应。

如果说成功与辉煌还让人保有体面和尊严的话，那么艰难与灾难则把包装着人性和本能的华丽外衣撕得粉碎，赤裸裸地暴露在阳光下。只有经历这些，才能真正理解不乱于心、不困于情、不念过往、不惧将来，宠辱不惊是此生难能可贵的修行和结局，文天祥的"时穷节乃现"、王阳明的"艰难困苦，是对心性的最好磨砺"，说的都是这个道理。

蒲松龄的落地自勉联："有志者、事竟成，破釜沉舟，百二秦关终属楚；苦心人、天不负，卧薪尝胆，三千越甲可吞吴"，曾激励了多少年轻人。成年后才发现，有志者事未必成，苦心人天未必不负。在经历过壮志

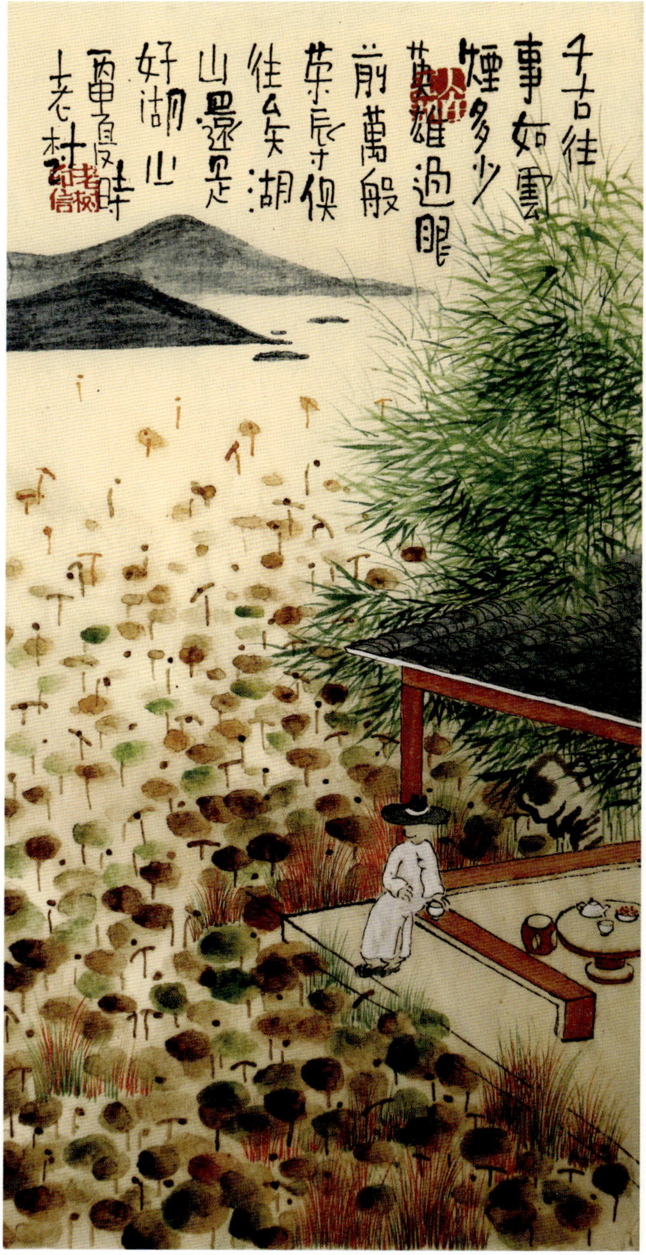
千古往事如雲煙
多少英雄過眼前
萬般榮辱俱往矣
湖山還是好湖山
酉夏日晴
老村

未酬、理想破灭后，那个初生牛犊不怕虎、为赋新词强说愁的轻狂少年已经渐行渐远、悉数模糊。来时路已回归无望，无心再望，代表了多少中年人的心酸过往。

有人说"最认怂不过中年人"。那是因为中年人知道，你可以不念过去，但却无法切割过去；你可以不畏将来，但知道前途未卜。一时的赌气胡闹，可能导致即刻变现的灾难和窘境。其实，中年人的认怂，是种辛酸的宽容，也是历经艰难的修心，藏着人生的通透和智慧。年轻人看不懂，阅历限制了想象力。

>> 石稼先生说，人生的智慧在于修行，而修行有很多条路，唯修心是通往生命正途和人生赢家最直接的路。修心在于承受和盛事，能承受才能成熟，能盛事方能成事。人生越是艰难困苦，越能浸淫心性，越能此心光明，越能尽显生机。

能盛事方能成事

如风岁月似水流年，半生心思一壶江山。

——老树

人这一生盛得下的都不叫事儿，具备了能盛事儿的力量和智慧，也就找到了走向成功的不二法门。

——石稼先生

能盛事，就是心里能装得下事。有大事时波澜不惊，有小事时不叽叽喳喳，有好事时不喜形于色，有坏事时不惊慌失措。佛家说弥勒佛是大肚能容难容之事，能盛事者是诸事能容，也乐意容。

能盛事，是一个人成熟的重要标志。在成人的世界里，成熟似乎是一件很残忍的事情，它代表了年少轻狂的不再、青春的流失、梦想的褪色。能盛事的人，会发现这个世界上发生的很多事是自己无法避免、改变或阻止的，就单个事件的发生和存在而言是偶然也是必然，更是合理的存在。能盛事的人，会明白无论是翻开手机还是环视身边，每天发生的事情99%和自己没有关系，除了增加谈资毫无意义。

经历过人生沟沟坎坎和风风雨雨的人，会发觉可以抱怨的事越来越少，因为明白了注定和宿命；会发觉可以责怪的人越来越少，因为多了理解和宽容。伏尔泰说："我们所有的人都有缺点和错误，让我们互相原谅彼此的愚蠢，这是自然的第一法则。"

我们常说人心深不可测，除了说人心机重外，也说明人心就像个黑洞和大口袋，只要你愿意，能盛得下很多超乎你想象的事儿，关键看你愿意不愿意承受和接纳这些事儿。

曾国藩说，面对命运，忍耐似乎是走向成功的唯一法门。能盛事，要懂得隐忍，做到胸有激雷而面如平湖。从古到今，人们常把能隐忍与能盛事、成就事关联在一起，认为小不忍则乱大谋。北宋大文豪苏东坡在《晁错论》里说："古之立大事者，不惟有超世之才，亦必有坚忍不拔之志。昔禹之治水，凿龙门，决大河而放之海。方其功之未成也，盖亦有溃冒冲突可畏之患；惟能前知其当然，事至不惧，而徐为之图，是以得至于成功。"在困难、屈辱面前，要能隐忍和坚持，一旦时机成熟，成功必然水到渠成。韩信的胯下之辱、勾践的卧薪尝胆、孙膑忍庞涓之辱等等都是耳熟能详的典型例子。

现实生活中，隐忍是一种成长，因为没有谁的人生是一帆风顺的，一生需要忍受的情况和事情很多。事业遇到挫折了要忍到机会重现，人生受到打击了要忍到有能力反击，遭遇不公平待遇了要忍到昭雪平反，受到他人嫉妒诋毁了要忍到海晏河清，贫困落魄了要忍到东山再起，等等。隐忍是因为条件不成熟、环境不允许、实力不够强，是暂时的示弱和规避伤害，

如風歲月
似水流年
半生心思
一壺江山

江南多北來望族之
後物產豐饒生活方式漸趨精雅
飲茶一道更是顯著而北人
粗豪大茶壺亦別有風情
丁酉暮春時江南歸來 老樹

不能把隐忍归结为软弱或怯懦。隐忍看似压抑了人性，实则是稳住了心神，涅槃了人性。懂得隐忍之道的人，在遇到重大问题、面临重大挑战时不惊慌失措或冲动行事，而是淡定从容、处之泰然，会把自己的情绪和状态很好地掌控在自己手里，等待最好的时机、有最充分的把握时把问题解决掉。德川家康说："世上再没有比隐忍更好的盾牌了。能忍人之不能忍者，将来方能成大器。"说出了能忍者必胜于人的道理。

能盛事，显示的是胸怀和格局。海纳百川，有容乃大；壁立千仞，无欲则刚。胸怀，从大的方面说，是有能用天下之材、尽天下之利的格局；从小的方面说，是有能容人、欣赏人、听得进不同意见的心胸。一个人的成功，除了需要有才华、能力和机缘外，更需要盛事的胸怀和格局，有眼睛里揉得进沙子的气度，小肚鸡肠、嫉贤妒能、锱铢必较和睚眦必报的人，注定成不了气候。雨果说："世界上最宽阔的是海洋，比海洋宽阔的是天空，比天空宽阔的是人们的胸怀。"有胸怀的人，对人大气，做事超脱，不会陷入各种得失纠葛之中。能盛事的人不但会成事，更能内化为人格的力量而受人尊重和崇敬。

> >　　石稼先生说，人这一生，会碰到各种各样的事儿，盛得下的都不叫事儿，盛不下的才是事儿。能盛事有时是为了生存，有时是一种承受，有时是一种谋略，有时还是一种"无奈"。无论哪种情况，能盛事都是一种力量和智慧，都值得钦佩。当一个人具备了能盛事的力量和智慧时，也就找到了走向成功的不二法门。

做人不刻意，做事不违心

世事就是这样，本来无喜无悲。一切自然而然，仿佛月圆月亏。风雨来了还去，总见一地清晖。乱世不必在意，且去看看蔷薇。

——老树

做人太过刻意，会迷失自我，失去固有真实；做事违心，会丧失人性，失去固有清白，刻意做人和违心做事都会让你的人生变得不堪回首。

——石稼先生

不刻意、不违心是中国人几千年来做事修心的方法，尤为明代大思想家王阳明所推崇。提出这个问题是因为刻意做人和违心做事的例子很多，过去有，此刻还在发生。人活着太累，是因为心里装着不喜欢的人和事；活着太苦，是因为做了违心的事，回头细看都是煎熬。

做人不刻意，就是不要强行违逆自己的内心，把人生的目标定得过于完美。追求完美是人的天性，但完美从来不是世界的本来面目，只是人们虚幻的执念。这种执念和人的欲望一样，会成为人类文明进步、社会发展的重要动力。但在现实生活中，你过于追求完美，既为难了自己，也为难了旁人。最好的境界是功不求盈，业不求满，花看半开时，酒饮微醉处。

我们所看到的不完美的世界，囊括了这个世界的全部。明白了这些，你便会和世界握手言和。明白了别人的不完美，会更宽容更有格局；明白了自己的不完美，会修正自己设定的人生目标，以开放的心态去接受可能出现的各种结果。如王阳明所说："吾儒养心未尝离却事物，只顺其天则自然就是功夫。"

做人不刻意，就是不把自己看得过于重要。《于丹——〈庄子〉心得》中说，人心应该是自然的，不应有很多刻意的羁绊和外在的雕琢，只有这样，才不会失去自我。要明白，在这个世界上，如果从生命的个体体验来说，每个人都很重要，如果从社会发展的角度看，每个人都不重要，离了谁地球都照样转。

看过一个寓言故事，说是有一只苍蝇在沙漠中飞累了，掉在一个骆驼的背上，等到到达终点时，苍蝇讥笑骆驼说："谢谢你驼了我这么久，现在我要走了，再见！"骆驼抬头瞄了几下才看见苍蝇："你掉下来的时候，我压根没感觉到你的存在，现在就算你要走了，也没必要和我说再见，你的重量在我这儿一文不值。"

所以，无论你是身处高位、意气风发，还是陷于茫茫人海、混迹于市井之间，都不要把自己看得太重。在人生这个大舞台上，没有谁对谁不可或缺，曲终人散后，舞台还是那个舞台，哪个角儿都不再是原来的角儿。学会把自己放在合适的位置，既是心态的成熟和处世的达观，也是对自己

世事就是這樣
大千本無喜无悲
一切自然而然
彷彿月圓月虧
風雨來了還去
總見一地清暉
鼠去不必在意
回去看看薔薇

癸巳初夏
老顏圖並造

的一种保护，对别人的一种解放。当你和别人对一个目标或利益诉求都刻意起来的时候，带来的不仅仅是生存空间的压缩，还有人格和尊严的拉低。

做人不刻意，就是不把别人看得太重。地球上几十亿人，每个人其实都活在自己的世界里，不要过于计较别人的评价，他并不会替代你承受任何感知。况且对外界其他人的感知不过是一句谈资、一个故事，听听而已，说说就罢了。有时候，不是对方不在乎你，而是你把对方和对方的评价看得太重而作茧自缚。我们每一个人都是一个独立的个体，谁也不是只围着某一个人转。你把别人看得太重，太在乎别人对你的评价，到头来可能被别人看成什么也不是。人生中，我们是应该珍惜和感恩遇到的每一个人，有益的是命运对你的恩赐，无益的是来度你的菩萨，多认识几个人渣，也许能练就你的火眼金睛。

做事不违心，因为世间万事万物，都循着自己的规律，生则当生，灭则当灭，无须违背自己的心愿去做事。但说起来简单，做起来又谈何容易。人活在社会中，承担着一定的社会角色，与形形色色的人打交道，既面临着各种诱惑，也承受着各种压力和挑战。扪心自问，违心的话说了多少？违心的事又做了多少？说违心话、做违心事，说是情非得已、事非得已的万般无奈，其实都是人性弱点使然。

人生为人，既有动物本性的自然属性，也有社会属性的本质特点。这其中包含了兽性与人性、小人与君子、俗夫与圣人等若干对相互矛盾的综合体，兽性、小人、俗夫往往代表了人本能中向下沉沦的部分，人性、君子、圣人代表了人需要修行才能达到的向上境界。从人性的弱点上说，人这一生在外有金钱名利的诱惑、内有七情六欲的冲动拉扯下，再加上社会资源的有限和生存竞争的残酷等，会让人在价值过滤区域内面临向上修行和向下沉沦的拉扯。当这种拉扯进入残酷的非此即彼的两难境地时，如果能坚守住底线，任尔红尘滚滚，我自清风月明，确实是对人性的很大考验。

人活在这个世界上，很多事情正是因为难、有挑战性才更有意义和价值，也才更能彰显人性的光辉。既然是人，就要忠于诚实、忠于善良，不欺骗、不做恶；既然做人，就要迎难而上，不管多难，都知难而进。最关键的是要弄清楚到底是什么动机和压力在让自己违心做事，把这种动机和压力的魔咒打破，给自己更多的选择，找到更好的解决方案。

>> 石稼先生说，人生有度，过则成灾。做人太过刻意，会迷失自我，失去固有的真实；做事违心，会丧失人性，失去固有的清白。况且凡事皆有三种以上解决问题之可能，做人如此，做事也是。刻意做人和违心做事都是不必要的"牺牲"，除了会有一系列的负面后果在人生的不远处或远处等着找你的麻烦外，还会让你的人生变得伤痕累累和不堪回首。

情绪不好是智慧不够

遇见愁事睡他一觉，碰上烂人哈哈一笑。

——老树

控制情绪是一种功夫，一个能有效控制自己情绪的人，就有了生长快乐的能力和智慧。

——石稼先生

2018 年 5 月 4 日，中央纪委国家监委网站登出了著名美学家朱光潜先生的一封信，题目是《情绪不好，其实是智慧不够——朱光潜写给青年朋友》。信中朱先生说，闲愁最苦！愁来愁去，人生还是那么样一个人生，世界也还是那么样一个世界。愁生于郁，解愁的方法在泄；郁由于静止，求泄的方法在动。也就是说，消除情绪不好的办法有两个：一是在思想上看透这个世界，你的情绪是你内心世界的活动，和这个外在的世界没有多大关系；二是解决情绪不好的办法在于动，认为人虽然复杂，但还是动物，基本性不外乎动，可以通过动来"尽性"，寻出无限快感。

在很多时候，坏情绪都可以通过"动"来宣泄掉。这个"动"是指专注于做某一件事情。春秋时期魏国的邺令西门豹性情暴躁易怒，常"佩韦以缓气"，即随身带着熟牛皮，每当脾气发作的时候，用手摸一摸怒气就消除了；东晋时期的蓝天侯王述通过面壁的方式规避愤怒，唐代文人张发是通过写字来消除怒气，南宋诗人陆游以赏花释放不良情绪，清代郑板桥以画竹忘掉愤怒和郁闷，等等，这些都是中国古代先贤排解郁闷的重要方法和智慧。

心理学研究表明：如果一个人能够专注于某件事，身心就会处于一种十分和谐的安稳中，很容易引发一种超然舒缓的喜悦感。

人作为非常复杂的动物，很多时候情绪是不受控的，除了有原因的心情愉悦和颓废沮丧外，还有很多无厘头的高兴或不高兴。《礼记》里说"喜、怒、哀、惧、爱、恶、欲七者弗学而能"，是说这诸多的情绪多为人的本能，与生俱来。情绪的好坏是人的本能，如何控制好情绪则是人修行的结果。王阳明一生历经坎坷，遭廷杖、下诏狱、贬龙场、被诬谋反等等，可谓受尽挫折和折磨。如果没有控制情绪的能力和功夫，任何一场劫难都足以将他击倒，那样也就没有后来的一代心学大师了。

日本当代文坛名家和田秀树写过一本书《别让坏情绪，赶走好运气》，其中他将不好情绪的产生归结为三个方面原因：不忠于自己的内心，没有勇气；情感需求得不到满足，不够大度；一厢情愿地以为别人懂自己，没有正确的认知。书中所提出的破除负面情绪应有的观念和措施很有现实价值和意义，比如，把事情划分为可以改变的和无法改变的，对无法改变的人和事可以通过改变自己的态度来解决问题；抛开完美主义，认可完成80%

遇見愁事
睡他一覺
碰上爛人
哈哈一笑

戊戌缺深冬老樹

就是合格，避免陷入剩余 20% 的挫败感；适度的担心和焦虑可以促使你立刻行动，未必是坏事；没有谁会永远怎样，也没有解决不了的问题，相信自己会不断进步，等等。另外，对如何走出负面情绪，和田秀树给出了七个小技巧：改变生活节奏，用做自己想做的事破除焦虑感；把开心的和不开心的事情记下来，有针对性地进行调整；积极表扬别人，充分肯定自己；重视阶段性大事，增加生活仪式感；学会找到自己的小偏好，每周给自己奖励三次；简化朋友圈，不被社交网络工具绑架；分担问题责任，养成向周围人求助的习惯，等等。

　　这些有助于消除不好情绪的观念和措施，都是智慧引导行为，通过行为改变状态的重要方法。从这个意义上说，情绪不好，不仅是智慧需要解决的问题，也体现了个人能力。圣严法师说："有德即是福，无嗔即无祸，心宽寿自延，量大智自裕。"情绪稳定、心胸开阔会给人生带来福分和回报。

　　>> 　石稼先生说，情绪是人的本能，控制情绪则是一种智慧和功夫，一个人能有效控制自己的情绪，就有了生长快乐的能力，人生也就注定是幸福的、优雅的和有教养的。

善于做减法才是人生的真正赢家

置身是非中，纠缠利与害。忽然不管了，方知有我在。

——老树

不被物欲所绑架，多欲则人生多苦，少欲则身心自在。

——石稼先生

唯物辩证法有三大规律，即对立统一规律、量变质变规律、否定之否定规律。人生在一定阶段做好减法，很像这三大规律中的否定之否定规律，是在经历过疯狂的加法和心平气和的减法之后，"仿佛一切回到原来出发点"这一辩证发展的真谛。否定之否定规律揭示了矛盾运动的特点，矛盾运动是生命力的表现，是自我否定、向对立面转化，否定之否定规律构成了辩证运动的实质。人生的辩证法在于我们的旅途其实就是一个由简到繁，再由繁至简的过程。

康德把人的认识划分为感性、知性和理性，人生做减法的意义在于把对生命的理解和认识上升到理性的高度，从而找到实现终极价值和意义的途径和方法。白岩松在《光阴的故事》里有一段演讲："30 岁最大的人生感受是减法。有的人在 20 多岁的时候拼命地做加法，但是到了一定的时候要做减法。你不是所有的都适合，也不是适合你的所有事都该去做。"只有当你意识到加法没有尽头而光阴有尽头时，才会理解这样的感慨。

每个人脱离母体来到世上，首先要做的都是加法，知识的学习、工作的安排、事业的成功、房子车子票子的追逐等等，在追逐物欲的过程中，有些人异化为欲望的工具迷失自我，有些人不择手段触碰道德和法律的底线，有些人欲求得不到满足心生郁结。看过人间百态，会发现那些穷其一生追求的物欲和繁华并不能带来多少正向的幸福和快乐，反而为其所累、被其所困，给生活带来混乱和煎熬。庄子在《逍遥游》中说，鹪鹩巢于深林，不过一枝；偃鼠饮河，不过满腹。意思就是鹪鹩筑巢，森林再大，只要一棵树枝；偃鼠到河边喝水，只能填满肚子。告诉我们的是：幸福的人生，不需要过多的物质。

我们从攥紧拳头来到这个世界索取，到两手一摊离开这个世界放弃一切，经历了一个从拥有到失去的闭环过程。在这个过程中，体现加法的索取和拥有靠的是能力和拼搏，而在被迫放弃一切前从容地做减法，需要的是智慧和通透。明代洪应明在《菜根谭》中说："人生减省一分，便超脱一分，如交游减，便免纷扰；言语减，便寡愆尤；思虑减，则精神不耗；聪明减，则混沌可完。彼不求日减而求日增者，真桎梏此生哉！"告诉我们的智慧是：给生活做减法其实就是给生命做加法。

给生活做减法，是每个追求幸福快乐的人所必须面对的重要课题。那么应该减哪些东西呢？

置身是非中
糾纏利與譽
默然不審忽
管了方知
有我在
已矣老樹

笑了吧

河南登封少林寺拳宗

老信印

首先应该给欲望减负。我们一辈子似乎都在做由欲望构成的"加法"，比如，想要分数更高，想要感情更甜蜜，想要业绩更突出，想要拥有更多的财富，想要过更好的生活，等等，人生面临的所有问题几乎都和欲望有关。最大的业障是想要的太多，真正需求的很少。有句古话：纵有广厦千间，一夜只睡半张床，纵有良田万顷，一日只能三餐。人要想通，房子也好，金钱也罢，生不带来，死不带去，没必要被需求拖累。乔舒亚·贝克尔在《极简》一书中提道，减少20%的物品，提高80%的生活品质。只有扔掉看得见的东西，才能改变看不见的生活。命由天定，该活得自然些，何必紧紧抓住不放呢？早一点放手，早一点改变。

　　其次是要学会给心灵减负。梭罗说："当你简化你的生活，宇宙的法律将更加简便；孤独不会孤独，贫穷不会贫穷，也不虚弱无力。"很多人活着累，只有一小半是源于生存需要，而一大半源于虚荣和攀比。在这个浮躁的社会，有的是为了面子，有的是为了让别人"刮目相看"，还有的被看作身份和地位的象征，最后迷失自我，让原本富庶、自在的生活，在攀比虚荣之下，变得狼狈不堪，纠结混乱。学会给自己的心灵做减法，就是要活出真实的自己。丰子恺说：不乱于心不困于情，如此甚好。放下的越多，因快乐而收获的越多，内心越简单，就越轻松越安宁。

　　还有，就是要善于和勇于断舍离。老祖宗发明了一个很有智慧的词叫舍得，意思是有所舍，才有所得。其实人生就是一个断舍离的过程，即"断"绝不需要、不会再拥有的，"舍"去多余的，"离"开对人对物的执念。有舍才有得，有断才有续，有离才有即。断舍离有两个重要的原则：一是永远把自己当人生的主角，不能异化为那个要断舍离的东西的工具；二是活在当下，把时间轴落在现在和此刻。要好好想想什么才是自己最需要的、最适合的和最愉悦的，把那些不需要、不适合、不愉悦的东西丢进断舍离的范围。

《断舍离》一书中说："我们的心是不断变化的，当缘尽了，就潇洒地放手。不仅对物品，对一切的一切都能做到这样，这就是断舍离的愿望。"

在断舍离问题上，与其无奈地两手一摊，不如潇洒地挥挥手，告别那片已经不需要或不再属于你的云彩，舍弃那些杂乱和过度的负荷，让生活变得更加轻松和有趣。

>> 石稼先生说，多欲则人生多苦，少欲则身心自在。要知道，给物欲做减法，给心灵做清理，不把太多的人和事请进生命里，不被物欲所绑架，有生活清零的"空杯心态"和删繁就简的格局勇气，体现的不仅是对生命的尊重，更能让生命活出新的高度。

用你喜欢的方式度过一生

雨涨三尺春水，风净万里闲云。自己待着真好，不想混在人群。

——老树

你能留给岁月的和能从岁月带走的，除了最好的自己，别无他物。

——石稼先生

电影《头文字 D》中有句经典台词："这世上只有一种成功，就是能够用自己喜欢的方式度过自己的一生。"

把用自己喜欢的方式度过一生与人生的成功挂起钩来，这话言重了。但对每个人性觉醒的人而言，用自己喜欢的方式生活是基本权利，更是必需的权利。可惜环顾四周，又有多少人能真正做到呢。这其中，有些是人性复苏的挣扎，有些是身不由己的无奈，有些是忙忙碌碌的遗忘，还有些是稀里糊涂的懵懂。

人这一生，有许多种活法，有社会、父母期望的活法，有内心渴望的活法，还有金钱名利的诱惑，等等。但人生只有一次，不会从头再来，无论是豁达阳光、轰轰烈烈还是平平淡淡度过，只要是喜欢的，都是问心无愧和值得的。

我们所处的时代太过喧嚣，以至于让我们很多时候听不到内心的声音，也感受不到心灵的呼唤。用自己喜欢的方式度过一生，就要能抵得住喧嚣，既能在盛若繁花的前呼后拥中不忘初心，也能把平凡琐碎的生活过得温暖丰盈。

喜欢是一种愉悦和欢喜的状态。一个人喜欢什么生活方式，不喜欢什么生活方式，是个人的自由，别人无权干涉，也不应说三道四。人性的觉醒往往是从认真审视和思考自己开始的，这是我们活着的意义和价值的逻辑与历史起点。因此，"喜欢"的生活方式不是一时的任性，而是经过深思熟虑后慎重选择的结果。

清华大学教授彭凯平谈到"什么是幸福以及如何创造幸福"时，提出了创造幸福的三个条件：不能有消极情绪的活动，要有快乐的神经递质，要有意义感。照此说法，幸福其实是自己喜欢的生活方式的体验。无论是什么样的生活方式，只要你内心喜欢，就是幸福的。

另外，你的喜欢不能妨碍了别人的喜欢，更不能成为侵犯别人生活方式的借口。你可以走自己的路，但不要妨碍别人走路，更不能让别人无路可走。发乎初心的真喜欢和外延的必要边界，构成了喜欢生活方式的两个维度。

知道什么是自己想要的生活方式是幸福的。很多人左右摇摆、前后不一，终其一生也没有搞清楚什么才是自己想要的，实在是可悲的人生。

以喜欢的方式生活，是需要毅力、勇气，并付出"代价"的。不为周遭的满意而活着，而为自己的满意而活，并花时间和精力去培育、去坚持。一个看似很简单的诉求，其实没那么容易做到，需要顶住压力，耐住寂寞，抵住诱惑，排除干扰，甚至历尽千辛，头破血流。

梵高一生贫困潦倒，生前只卖出过一幅画，籍籍无名、疯子、自杀是他的关键词。尽管如此，梵高始终坚持活在绘画艺术的世界里，给后人留下了近 2000 幅作品。梵高给弟弟的信中说道，他坚信总有一天别人会认可他的画。在他死后，形容他的词变成了大师、举世闻名，他的画作价值连城。"我所受到的丑恶、腐朽、贫困、疾病的进攻越多，我就要创造出更多更灿烂辉煌的色彩和美妙的形象。因为我们需要幸福和欢乐，需要希望和爱。"这段激情澎湃的话足以代表他对自己热爱的生活方式的坚持。

以喜欢的方式生活，需要有能力和才华与之匹配。孔子在《周易·系辞下》中说："德不配位，必有灾殃；德薄而位尊，智小而谋大，力小而任重，鲜不及矣。"孔子把"德不配位，必有灾殃"分成了三个部分，即德薄而位尊，智小而谋大，力小而任重。这句话既可以作为官者的适任标准和政治箴言，也可以作为现实生活中个人生活方式选择的必要条件。选择什么样的生活方式，需要客观理智地审视和评价自己，如果列的目标、定的标准超出了德、智、力的能力，就是好高骛远和异想天开，这种生活方式也自然不属于你。

>> 石稼先生说，用喜欢的方式度过一生不是成功的标志，更不是
奢华的梦想，而应该是我们的人生标配。因为在人生中，你能
留给岁月的和能从岁月带走的，除了最好的自己，别无他物。

生命的最大自由是活在当下

烦心事情，尽快忘掉。去看花开，去听鸟叫。

——老树

活在当下，能让人重拾生命的主导权，彰显生命的力量，成为真正自由和自在的人。

——石稼先生

"活在当下"作为当代的一个流行语，既成为一些人参透人生的偈语，也成为一些人肯定自己生存状态和行为方式的口头禅，还成为一些人逃避责任、当一天和尚撞一天钟的借口。不管选择什么样的生活方式，活在当下都是绝大多数人的选择。

什么是活在当下？顾名思义，"当下"是现在所处的环境、正在做的事和打交道的人；活在当下是活在今天，活在现在，感受此刻，把你的关注和体验聚焦在当下。既不追忆过去的荣耀或悔恨过去的错误，也不盲目憧憬或悲观畏惧未来，而是专注于此时此刻的身心活动，让你的意识和身心定格在当下，让此刻快乐，此刻精彩。

活在当下看似一个很鸡汤的词，其实，翻翻古书会发现，在中国五千年的文化中，无论是儒家、道家还是佛家，一直把活在当下作为生命中最重要的修行，强调身心与外在环境的统一。孟子说"素富贵行乎富贵，素贫贱行乎贫贱"，意思是顺其自然地活在当下，才活得自由。庄子说"来世不可待，往世不可追也"，大意是来世不可期，往世也不可追，人生最重要的自然是珍惜现在、活在当下。

　　活在当下是人类的共同认知境界，不分国界、地域。《圣经》上说："主创造了今天，我们为活在今日而欢欣雀跃。"德国著名哲学家亚瑟·叔本华说："没有人生活在过去，也没有人生活在未来，现在是生命确实占有的唯一形态。"会计师事务所毕马威的董事长和首席执行官尤金·奥凯利在他被诊断为脑癌晚期，最多还能活3到6个月的时候，写过一篇文章叫《活在当下》，说："人生不可以重来，不可以跳过，我们只能选择最有意义的方式度过，那就是活在当下，追逐日光！"

　　为什么要活在当下？我们看看人类对时间、空间的感知以及生命在其中所扮演的角色就不难理解了。就生命在时空中的位置而言，生命是一个从生到死、从有到无的过程，这个过程比结果重要。同时，这个过程的长度若白驹过隙，忽然而已，忽然比过程重要。就过程而言，过去和将来都抓不住，唯有现在和此刻你有权决定能做什么、该做什么，并能在一呼一吸间感受到生命的活力和张力；就长度而言，生命是忽然之间的短暂，其意义也在忽然和即刻之间。

《牧羊少年奇幻之旅》中对为什么要活在当下有一段精彩论述:"因为我既不生活在过去,也不生活在未来,我只有现在,它才是我感兴趣的。如果你能永远停留在现在,那你将是最幸福的人。你会发现沙漠里有生命,发现天空中有星星,发现士兵们打仗是因为战争是人类生活的一部分。生活就是一个节日,是一场盛大的庆典。因为生活永远是,也仅仅是我们现在经历的这一刻。"简单地说,只有活在当下的人,才算是真正的活过。

怎样才算是活在了当下?曾国藩的答案是:"既往不恋,当下不杂,未来不迎。"活在当下的精髓是"当下不杂",这包含了两层意思,第一层意思是在当下时刻要思想"单纯",心无旁骛、聚精会神地做好手头的事情。一行禅师在《正念的奇迹》一书中用"洗碗就是洗碗"来说明如何活在当下:"如果洗碗时我们只想着接下来要喝的那杯茶,并且急急忙忙地想把碗洗完,就好像它们很令人厌恶似的。那么,我们就不是为洗碗而洗碗。换句话说,洗碗时我们并没有活在当下。事实上,我们站在洗碗池边上时,完全体会不到生命的奇迹。如果我们不懂得洗碗,很可能我们也不懂得喝茶:喝茶时,我们会只想着其他事,几乎觉察不到自己手中的这杯茶。就这样,我们被未来吸走了——无法实实在在地活着,甚至连一分钟都做不到。"活在当下并守住正念的方法就是"不杂"。不杂作为当下做事的一种方式,如同生命的过程比结果重要一样,做事本身也比这件事情可能取得的结果更重要。心理学家米哈里齐克森·米哈里将这种不杂做事称为"心流",就是当一个人精力完全投注在某种活动上时,内心会有高度的兴奋及充实感,从而带给心灵与精神的飞跃。

第二层意思是不能无所事事。"活在当下"不是今朝有酒今朝醉和贪图享受、得过且过，真正的活在当下，是用充分的准备、合理的规划和无畏的积极态度，来面对每一个当下。

活在当下关键是要把当下"活"好。当下有好的不好的、满意的不满意的、有幸的不幸的，正确的态度是全然接受和直面当下，积极做出反应。当下好的、满意的、有幸的，用心去享受，把真正的满足用在当下；不好的、不满意的、不幸的，平常心去面对，接受现状，善待现状。你不能改变此刻所处的环境和糟糕的局面，但你有权利选择自己对待局面的态度。

活在当下，意味着我们已经摆脱了对已经发生或要发生的不幸和恐惧的认同，把每一个情绪垃圾解决在当下。世界上没有注定的不幸，有的只是不放手的执念。所谓的不幸，就像窗外刮过的风、下过的雨，刮过了、下过了也就没了。罗曼·罗兰说："要爱像今天这样灰暗苦闷的日子。"不要勉强、将就地去生活，要尊重自己生命的每一天，因为唯有今天才是我们真切生存的时间。

人生百年，区区三万天。真正清醒、可支配的时间不过两万天，如此短暂。你又怎知明天和意外哪个先来？60 秒后的世界和 60 年后的世界同样充满变数，有什么理由不善待每一个今天呢！

>> 石稼先生说，生命的最大困厄莫过把各种杂念请进你的生活而漠视了当下的正念。活在当下，能让你重拾生命的主导权，彰显生命的力量。唯如此，才能真正感受到生命的美好，成为真正自由和自在的人。

心有桃花源，何处不修行

人人心中有桃源，我家就在桃源。

——老树

生命觉醒的过程就是发现桃花源的过程，只要心有桃花源，那么不论身在何处，都是修行的最好安排和灵魂安放的最好地方。

——石稼先生

陶渊明写过一篇美文《桃花源记》，这篇文章描述了一个不知有汉、无论魏晋的世外桃源："土地平旷，屋舍俨然，有良田美池桑竹之属。阡陌交通，鸡犬相闻。其中往来种作，男女衣着，悉如外人。黄发垂髫，并怡然自乐。"这个桃花源可以说是美得不可方物，美得让人神往。

自此，寻找灵魂意义的桃花源，便成了东晋以来士大夫和文人墨客的一种情怀，这种情怀一直延续到今天。尤其在这个物欲横流的世界里，寻一处远离人间喧嚣的桃花源便成了很多人的乌托邦和精神避难所。在这个桃花源里，一片山明水秀，没有纷杂喧闹的人群，没有尔虞我诈、钩心斗角，大家躬耕田园，朴素真挚，身体和心灵都是一片清澈洁净。

尽管这世上根本就没有世外桃花源，但我们每个人心中其实都有一处灵魂的桃花源。在这个桃花源里，你会时不时淡忘或跳出现实世界里的恩怨情仇和是是非非，让自己的身体一半在烟火中修行，另一半在灵魂里欢喜。

这个桃花源在哪里？杨绛先生说，我们曾如此渴望命运的波澜，到最后才发现，人生最曼妙的风景，竟是内心的淡定与从容；我们曾如此期盼外界的认可，到最后才知道，世界是自己的，与他人毫无关系；我们曾如此计较付出的回报，到最后才懂得，一切得到终将失去的，只能空留一抹浮名。杨绛先生的桃花源是内心的淡定从容、自我认可的内心世界、看透虚妄后不计回报的付出。而这一切，都与精神世界和灵魂有关，与修行有关。

周国平在《觉醒的力量》中说人生有三个觉醒：生命的觉醒、自我的觉醒和灵魂的觉醒，认为这三个觉醒是人生中最重要的东西。人觉醒后，就好像有了分身术，身体的我在社会上活动，有时候受气，有时候高兴，另一个精神的"自我"则在高处看着这一切，让自己和外在遭遇保持一个距离，分清什么是真正重要的，从而避开生活琐碎、芜杂的陷阱，更好地实现和安顿自我，达到灵魂的觉醒。人在从生命到自我再到灵魂觉醒过程中，就是拨开人生迷雾，发现真实桃花源的过程。

如果说活着是一场修行，那么修行的目的就是要找到那个可以安放灵魂的桃花源。从那个桃花源走出来，你会带着一份美好和宽容去欣赏和理解那个纷繁复杂的现实世界，原来那些称之为问题的也不再是问题，困难也不再是困难，那些本以为很重要很在意的事也变得风轻云淡、可有可无起来。修行看似是为了寻找那处桃花源，其实二者是不分先后的，你寻不寻找，那个桃花源都在那里。

从灵魂的桃花源出发，你既能一念去心门洞开，也能一念灭风轻云淡。在这个桃花源里，你能通透人生所有的"苦难"和"劫数"，发现处处都有正念和正果带来的欢喜和自在：心有桃花源，自会开出十里桃花的芬芳；心有桃花源，随处都会发现美丽的水云间；心有桃花源，内心的每个角落都弥漫着花香……

>> 石稼先生说，人有两次生命，一次是脱离母体啼哭时身体的觉醒，一次是历经沧桑后灵魂的觉醒，觉醒的过程也就是发现桃花源的过程。只要你心有桃花源，那么不论身在何处，一片草场、一座青山、一处陋室、一栋宅院、一本诗书，都可是你修行的最好安排和灵魂安放的最好地方。

我命由我，不由天

眼前红尘万丈，心中一尺丘山。

——老树

"我命由我不由天"是一种对待生命的态度，放开手脚做自己的天，先尽人事，后从天命。

——石稼先生

电影《哪吒之魔童降世》中有句霸气台词："去他个鸟命！我命由我，不由天！是魔是仙，我自己决定！"这句话的意思是不信命、不宿命，自己的命运自己掌握，不让上天决定；如果命运不公，便和它斗到底。作为这句话的注解，影片还有一句经典台词："别人的看法都是狗屁，你是谁只有你自己说了才算！"可谓豪气冲天，也扎了很多人的心。有的人一辈子都活在别人的评价里，有的人活了半辈子也不知道自己是谁，还有的人一生都活在敢怒不敢言、敢想不敢干的懦弱摇摆中。

"我命由我，不由天"，是中国古代先贤对寿命与宿命、拼命与信命关系进行哲学思考的老话题。北宋道教南宗初祖张伯端在《悟真》篇中说：

"勿忘勿助，日乾夕惕，温养十月，换去后天爻卦，脱去先天法身，我命由我不由天矣。"说的是古代道士们所提倡的"逆天改命"的观念和气魄，表达了不向命运、死亡低头的不屈精神。晋代道教理论家葛洪在《抱朴子内篇》卷十六《黄白》中说："龟甲文曰：我命在我不在天，还丹成金亿万年。""我命在我不在天"，就是说一个人的命运寿限掌握在自己手中（即心识中），不由天地掌握，不必向外求之。

人的命运到底是掌握在自己手里，还是在上苍手里，是非常古老、辨不出究竟的命题。这个和每个人息息相关的命题争论到现在依然是见仁见智，信者恒信，不信者恒不信。但有一点共识，就是一个人除了生不能选、死不能抗外，让自己活得更有个"人样儿"是每个人的初心和梦想。犹如电影中哪吒对敖丙说的："你到底是不是灵珠，我一个魔丸都比你活得像个人样，你敢再怂些吗？"

你若要活成想要的样子，那就信一回"不信命，是哪吒的命"。命运究竟掌握在谁手里，也许离开这个世界才能判定。在中国古人的智慧中，认为命运是两种力量交互作用的结果，命是与生带来的、先天的东西，具有较强的稳定性；运就是后天的机缘，具有较大的浮动性和易变性，二者共同作用形成人生的命运轨迹。

命运的成因很复杂，古人认为主要有十个方面的关键性因素："一命二运三风水，四积阴德五读书，六名七相八敬神，九交贵人十养生。"显然这十大因素中，除了"命"看似板上钉钉之外，其他九个因素都与后天的努力和运势息息相关。犹如人的十个指头，当九个指头都在指向与另一个"天

命指头"不同的方向时，"天命指头"自然也就随之改变了。孔子说"不知命无以为君子"，知命而不信命会让你成为一个有底气有力量的君子。

不信命，会让你的人生精彩而有尊严。信命与不信命，评判的标准是人生的结局。信命的人说："命里有时终须有，命里无时莫强求。"不信命的人说："生死由命不信命，富贵在天人为天。"这些说法既是一种人生的结果，也是一种处世的态度。对每个活在当下的人而言，生命的结局和盖棺定论没有太多意义，因为人生没办法重来，更没法跳过，我们所感知和在意的，就是让人生过程很值得、当下有尊严，就此而言，过程远比结果重要。

曾仕强先生说，人有三种特性，即创造性、自主性和局限性，创造性形成了人类整个的文明，自主性形成了当下的特点，局限性形成了当下的人无法突破的一些困境。具体地讲，就是人类活动的每个当下的精彩与辉煌；抽象地讲，就是不断进步的人类文明。

>> 石稼先生说，"我命由我不由天"，宣扬的不是"人定胜天"的狂热，更不是"逆天改命"的奢想，而是一种对待生命的态度。既然我们对老天设定的天命思考了几千年仍未解其中之谜，那就索性让我们放开手脚做自己的天，先尽人事，后从天命。

人活到极致必是自性圆满

此身何所遇？此心何所观？此生一事尔，我与我周旋。

——老树

自性圆满是人生枝头上最美的风景，每个人灵魂深处都藏着一个自性圆满的宇宙，在这个空间里，能让人在如梦幻泡影的喧嚣中保持内心的纯净安宁，成就生命的圆满和喜悦。

——石稼先生

"自性圆满"就字面意思，"自性"是我们本来就有的样子，"圆满"就是完满、完善无缺。

从心理学角度讲，初心直接表现为人的善良、慈爱、宽容等积极的光明行为，体现的是人性的光辉。初心是人类天然具备的基本精神属性，人类社会的一切现象，都是基本人性的映射。当这种初心遭遇生存的压力、现实的残酷、欲望的诱惑等负面导引时，贪婪、自私乃至罪恶、杀戮等邪恶或极端的行为会蒙蔽人的心性，忘了来时的方向。而当自性圆满主导你的观念时，任周遭再多变迁，曾以为再也回不去的自己，也会"出走半生归来仍是少年"。佛家那句"放下屠刀立地成佛",就是指当人把杀人的屠刀或分别心或贪、嗔、痴、慢、疑等通通放下后,也就回归了自性,从此断恶修善;而"成佛"是指见地、认识到自己本自具足的佛性,也是回归自性圆满的意思。

孙衍在《愿你出走半生,归来仍是少年》中说:"每一个人前面的路都是曲折而又漫长的,我们谁也不知道下一个目的地是哪里,我们又将去向何方。但有些人注定会被改变航向的,有时候在命运面前,我们就是这样无能为力。所以希望所有的人都能够在出走半生归来之时,都可以仍然是少年,有着无尽的希望。要永远记得:你,一直是原本的你,不要因为时间的流逝而流失了真正的自己。"归来仍是少年,不是要保留孩子的稚气和少年的轻狂,也不是非要守住当初的梦想,而是要在心底,让那颗以为薪尽火灭、偃旗息鼓的心,继续热热腾腾地燃烧起来。

自性圆满是人内心最强大、最根本的原动力。唯物辩证法的内外因辩证原理认为:事物的内部矛盾(即内因)是事物自身运动的源泉和动力,是事物发展的根本原因,外部矛盾(即外因)是事物发展、变化的第二位的原因。内因是变化的根据,外因是变化的条件,外因通过内因而起作用。我们从出生到离开这个世界,自性圆满作为人的天然权利和目标,使生命从一开始就焕发着勃勃生机,蕴藏着强大的动力和能量。如同一辆车,不论你开不开,发动机就在那里。而外界正向与反向的刺激,使生命的原动力迸发出强大的能量,在不断追求生命的意义和价值的螺旋式上升过程中实现自性圆满。

一个追求自性圆满的人，会让自身成为持久不衰的能量之源，在充盈满溢中实现身体、心理和灵魂的和谐和生命的自由与解放。一个追求自性圆满的人，他看什么、做什么都会按照圆满的意愿去善待自己所经历的一切。换言之，就是要"能出能入，随处应化"，让自己所希望的形象、身份、境界等在随缘应化的自性圆满中得到度化。

自性圆满投射到个体便是人生的不圆满，在人类的历史长河中，无论你活在哪个时代、哪个当下，都不可能拥有圆满的人生。童年的懵懂、少年的轻狂、青年的迷惘、中年的世故、老年的固执等等，再加上时空的不同背景，对照下来无论哪个阶段都有缺憾。《季羡林谈人生》一书中在谈到"不完满才是人生"时说："每个人都争取一个完满的人生。然而，自古及今，海内海外，一个百分之百完满的人生是没有的，不完满才是人生。"不完美、不圆满是人生的常态，不如意事十八九。《西游记》最后一集孙悟空说："天地本不全，人应该也是。"正是这诸多的不完美、不如意，让我们知道了珍惜，懂得了感恩，理解了美丑，也让人在反省和成长中实现了自性圆满。

>> 石稼先生说，自性圆满是生命追求的极致，也是人生枝头上最美的风景。其实，每个人灵魂深处都藏着一个自性圆满的宇宙，在这个空间里，既能让人在时光流逝中找回初心，在历经世事变迁和人生无常后仍心如少年；也能让生命中的悲欢离合和阴晴圆缺之苦实现闭环，在如梦幻泡影的喧嚣中保持内心的纯净安宁，泰然处之和我心不惊成就生命的圆满和喜悦。

你若优秀必是雌雄同体

一身所在总有限，此生了却亦无痕。但有一屋书相伴，见到古今中外人。

——老树

真正的雌雄同体通过阴阳统一和刚柔相济的持续突破，不断将人性的理想状态推进到新高度。一个能活成雌雄同体的人，就是一个能达到生命高潮和丰富完整的人。

——石稼先生

巴黎卢浮宫藏有一件 17 世纪意大利著名雕塑家乔凡尼·洛伦佐·贝尼尼的雕塑作品，十分惹人注目：雕塑从一侧看，由大理石雕塑成的豪华床垫上躺着一位皮肤细腻柔滑、体态柔美的动人女子，而从另一面看，则是一位体征明显的男性。这个作品叫《沉睡的赫马佛洛狄忒斯》。在古希腊神话里，赫马佛洛狄忒斯是位雌雄同体的阴阳神，因过于骄傲自己同时拥有男性和女性的优点而惹怒了好嫉妒的宙斯，被他撕为两半——男人和女人，于是，原本男女同体的人类就分成了两性。

古希腊罗马神话中雌雄同体的两性人看似是世界神话中的一朵奇葩，但实际上代表了人类的性别理想。雌雄同体更符合人类的理想生存状态：男、女性别的差异不应该是相互对立和矛盾的，女性也不应该成为男性的附庸，男女应互补而结合为和谐的统一体。古印度神话婆罗门教圣书《往世书》说："至高无上的精神在创世的行为中是双重的；右边是男性，左边是女性……神圣的创世是孤独的。他渴望有一个同伴，他是自己的身体分为男性和女性。他们结合，创造了人类。"

事实上，由女性解放推动的双性同体意象，不仅是神话宗教的理想，更是现实需求。这一点，东西方的智慧有着高度的一致。柏拉图说："人本来是雌雄同体的，终其一生，我们都在寻找缺失的那一半。"弗吉尼亚·伍尔夫说："伟大的灵魂都是雌雄同体。"心理学大师荣格认为，"在男人伟岸的身躯里，生存着阴柔的女性原型意象；在女人娇柔的灵魂中，也隐藏着刚毅的男性原型意象"，并说："我们每个人的心灵结构，都被上帝预装了这样一套双系统。"尼采则进一步扩大演绎了雌雄同体的范围，他说："任何顶级艺术都是雌雄同体的。"

与西方的直白表述不同，东方则完全刻意略掉了人的"性"的身体特征，有"性"特征的记载，多被打入"人妖"之列，在雌雄同体认同方面论述得比较含蓄和神秘，多集中在男女性情和相貌的描述上，甚至上升到阴阳统一、对立和转化的哲学智慧。比如一个人要想成"佛"，心中既要能金刚怒目，也要能菩萨低眉。相书里说"男长女相，必有贵样"。孔子在《易传》中说"一阴一阳谓之道"，也是说事物都有阴阳两个方面、两种力量，相辅相成，相互推移，不可偏废，构成事物的本性及其运动法则，无论

一身所在總有限，
飛作無疆，
但有一屋書相伴，
見到古今中外人。

丁酉老樹

自然、人事都表现此道。鲁迅先生说："古之成大事者，必是北人南相，南人北相之人。"显然，鲁迅先生剥离了性别，从地域的阴阳之道谈成就大事者的优秀特质，这也是一种雌雄同体。中医理论坚信每个生命都可阴阳辨证，阴阳辨证是六经和八纲辨证的根本纲领。《阴阳应象大论》条文说："黄帝曰：阴阳者，天地之道也，万物之纲纪，变化之父母，生杀之本始，神明之府也。治病必求于本。故积阳为天，积阴为地。阴静阳燥，阳生阴长，阳杀阴藏，阳化气，阴成形。"意思说阴阳是天地自然的大道，是万物衍生的纲纪法则，男女之间阴阳的内在转化自然也在其中。

现代科学研究证明，地球上的低级动物多为雌雄同体，而高级动物大都雌雄异体。比如，在自然界中，玉米是雌雄同株，豌豆是自花授粉，蚯蚓是雌雄同体。人类作为高级动物，身体上的雌雄异体在各自发展演变的过程中，包括性爱、情爱等生理、心理上对另一半的渴求，带动了人类文明的进步，于是由性器官、性别特征、阴阳互化、男女心理特征和不同思维方式等不断文明演化的结果，让同时具备男女特质的人表现得更卓越和优秀。男女由生命开始的性别分界到生命终点的性别模糊，似乎揭示了人类雌雄同体的必然命运。

由男女两半组成的人类，各自的优秀特质和彼此的吸引欣赏让人类文明不断丰富灿烂。对男人而言，进取、勇敢、坚毅、果断、血性、理智、豁达、责任、忠诚、思想等与阳刚之气有关的特质代表了其优秀的品质。对女人而言，善良、自重、温柔、独立、贤惠、宽容、优雅等与阴柔之美有关的特质代表了其优秀的品质。一个有阳刚之气的男人兼具阴柔之美的细腻和一个有阴柔之美的女性兼具阳刚之气的豪爽时，他或她无疑都是这个社会中的佼佼者。周国平在《碎句与短章》中说得非常贴切："在气质上，女性偏于柔弱，男性偏于刚强；在智力上，女性偏于感性，男性偏于理性，而许多杰出人物是集两性的优点于一身的。"

其实，我们每个人都被两种力量支配，一种男性力量，一种女性力量，当两种力量圆满地映射到一个人身上时，就呈现出一种完美的理想状态。《读者》上看到这样一句话："男人吸引女人，往往是阳刚附带的温柔和细心，而女人迷倒男人，往往是温柔之外的独立和坚强。"这无疑是雌雄同体品质最形象的描述，但这其中依然有谁占主导谁是配属的问题。

>> 石稼先生说，雌雄同体是心理而非身体，是思维而非行为。真正的雌雄同体既不丧失本性别的鲜明特征，又融入另一性别的优秀特质；既不拘泥于传统的性别意象，又超越了现实的男女性而独立存在，通过阴阳统一和刚柔相济的持续突破，不断将人性的理想状态推进到新高度。一个能活成自成阴阳、雌雄同体的人，就是一个能达到生命高潮和丰富完整的人。

愿人生仍从容

鱼儿本自在，悠游在水中。不干红尘事，何故去匆匆。

——老树

人只有在淡定于心、从容于行的时候才最像是一个人。懂得这个道理，你就会坚信人生无论多难，从容面对总会迎来"柳暗花明又一村"的明光。

——石稼先生

贾平凹 2017 年出过一本散文集《愿人生从容》，封面题词说"人生的真正意义，在于淡定从容地过这一生"。他从二十岁起立志要做个好的文人，到如今向佛许愿，保佑"灵魂安妥和身躯安宁，作为人活在世上就要好好享受人生的一切欢乐和一切痛苦烦恼"，经历了从心有渴求的野心勃勃到率真旷达、从容自在地静心面对这个世界的心路历程。

这字里行间所闪烁的智慧是：人生就是要以真正的从容心去面对苦难与幸福、顺境与逆境、困惑与烦恼，既不随波逐流、屈从命运，也不惊慌失措、随物悲喜，安然淡定地度过这一生。

怎样才算是从容？《汉语词典》说，从容是指人处事不慌张，很镇定，舒缓悠闲的样子，充裕不紧迫。把这些从容的内涵用到处理人生遇到的各种状况，从容就不仅是一种处事的心境和态度，体现的是"不以物喜、不以己悲"的修养风范和遇事镇定自若、不急不躁理智处理问题的心理素质；更是一种能力和勇气，体现的是行事时的收放自如、气定神闲和危难时的沉稳果断、进退有序。老舍先生说："生活是一种律动，须有光有影，有左有右，有晴有雨，趣味就在这变而不猛的曲折里，微微暗些，再明起来，则暗得有趣，而明乃更明。"他把人活得自在从容刻画得惟妙惟肖，让人生因从容而丰盈，也因从容而更具智慧。

有句话"愿你出走半生，归来仍是少年"，说的是人在外面闯荡了半生，等回来时希望看到的还是那个初心未改、淳朴善良的朝气少年。其实，人经历了半生的繁华与没落、悲苦与欢乐、希望与失望、成功与挫折等一对对悲喜交加的坎坷之后，朝气少年也许只是深夜独处时的默默遐想，出走半生后的豁达从容才是醒来时该有的处世哲学。

俞敏洪曾经说过："生命的意义在于从容，在于从容之中眺望未来，在于从容之中成就人生，宠辱不惊，看天边风起云涌，闲庭信步，赏门前花开花落。"他的体面退场诠释了其对生命意义的这一认知。其实，人这一生，活得就是俞敏洪描述的这样一种态度：低谷时的豁达和得意时的收敛，构成了从容人生的一体两面，也是面对各种纷争与喧嚣、困惑与烦恼时的最好方法。

古往今来，人们一直把从容作为人生的最高境界来追求，而修得从容之心和自由自在地生活在这个世界，也一直是中国传统文化的重要内容。明代思想家吕坤在《呻吟语》中说："德性以收敛沉着为第一，收敛沉着中又以精明平易为第一。"意思是说，人的德性以自我收敛沉着为第一，收敛沉着中，又以精明能干、平易近人为关键。在他看来，沉着从容的人才算得上是有高贵品质的人。循着沉着从容再往前走，便是随意而自在。即如"春有百花秋有月，夏有凉风冬有雪。若无闲事挂心头，便是人间好时节"。

在中国的文化中，大凡拿出来作为人生理想或目标的多是不容易实现的。每个人作为生命的朝圣者跋涉者行走在世间，会经受各种考验，顺心的心塞的、成功的失败的、辉煌的没落的，等等，这些考验会让人很容易失去从容的心境，甚至逐渐异化为浑浑噩噩、寡廉鲜耻、追名逐利、贪生怕死等人生丑恶之相，活成了自己最讨厌的样子。在永远没有后悔药的人生中，能活成一个从容的人，确实不是一件容易的事。同时，在这个纷繁复杂的现代世界中，我们之所以活得不从容不淡定，是因为我们活得愈来愈复杂了，太计较对与错、得与失、名与利、贵与贱、富与贫，其结果是想要的多了，在乎的多了。当需要取舍的多了时，人是很难保持内心的平静与安宁的。

人怎样才能活成从容的样子？这是很多人想知道的答案。因为我们生活的这个世界太五光十色，太活色生香。梁实秋先生给出的答案是：因为人生不过如此而已，所以愿你的生命从容。周国平先生给出的答案是："第一知道你应该要什么，人生中什么是重要的、值得争取的，第二知道你能够要什么，做什么事最适合于你的性情和禀赋。前者是正确的价值观，后者是准确的自我认识，在我看来，二者是让你的生命从容的关键。"显然，保持人生和生命的从容不外是两个东西：一是正确认识生命和自我，二是不为物所役，保持精神自由。梁实秋先生从旁观者的高处审视人生的开始和结束过程，站在人生的边上看这一生的喜怒哀乐和生老病死，发出"都不过如此"的慨叹，既然生非甘心、死又非情愿，那就没有必要不从容了。周国平先生从生命看人生的意义和价值，通过积极地认识自我和生命，向内寻找保持从容的钥匙和密码。两人给出的答案尽管角度不同，但却异曲同工。

>> 石稼先生说，人只有在淡定于心、从容于行的时候才最像是一个人。保持从容最直接最有效的办法就是心态好，能拿得起、放得下，要知道你拿得起的那些大事其实不是什么事儿，那些放下的所谓难事也不过就是那么点儿事儿。懂得了这个道理，你就会坚信人生无论多难，从容面对总会迎来"柳暗花明又一村"的明光。

简朴的生活、高贵的灵魂是人生至高境界

万般所得，留也不驻。随心取舍，平然简素。

——老树

人的境界，在其表的是生活的态度，在其里的是灵魂的高度。简朴的生活、高贵的灵魂，不喧哗而自有声。

——石稼先生

"简朴的生活、高贵的灵魂是人生的至高境界"是杨绛先生流传很广的一句名言，这既是先生的人生信条，更是先生躬身践行轨迹的写照，让人感佩。如果把人生看作是一场修行的话，那么过简朴的生活和拥有高贵的灵魂，无疑是这场修行的终极目标和归宿。

怎么样的生活才算简朴？什么样的灵魂才是高贵？中外哲学家、文学家、社会学家甚至心理学家、大德高僧都著书立说阐释过这个问题。抛开内容，单就这么多的大家、智者、大师围绕这一问题著书立说，就足见其重要性，其意义和价值在于避免人类被这个物质主义时代的物欲淹没和异化。物质主义时代的主要价值取向是人们自觉不自觉地会将获得物质和财

富作为人生的核心目标，认为占有物质的多少与获取幸福的程度成正比，一个人的成功与否主要取决于人所拥有和支配物质财富的多少。

简朴生活谈的是人和物质的关系，目的是让生活不为物质所累，摆脱奢侈和繁琐的束缚，变得简单朴素。有句话叫"得到富贵，考验才刚刚开始"，说的就是这个道理。

高贵就是让灵魂脱离肉体和物质的奴役驱使，变得高尚和尊贵。简朴的生活和高贵的灵魂可以说是千人千面，因为每个人理解和执行的标准不同。杨绛先生的简朴和高贵也具有单一性，很多人学不来，也不具备那个心性。

剥离个性的差异，简朴的生活至少包含以下三个要素：

一是精神世界富有。富有到既足以抵御各种物质生活的引诱和奴役，也足以面对物质生活贫乏和拮据的挑战，让人性的贪婪和欲望控制到合理的区间。伊壁鸠鲁说：维持奢侈生活所引起的烦恼比所得到的快乐还要多，快乐的必要条件是生理上的舒适以及维持最低花费的生活，而其他事物则应该减少或避免。

二是发乎心的自愿。简朴不是苦行僧般的修行和禁欲主义的节制，而是一种发自内心的精神需求。过简朴的生活，可以让人的灵魂更加平静和安宁，使我们逐渐摆脱对金钱、财富和地位追求的狂热，摆脱被毫无节制的奢侈生活拖累。没办法过简朴生活的人，多数是欲望和虚荣心在作怪。

选择过怎样的生活，其实就是一个人内心世界的外在投射。

三是代表了一种生活方式。就是把物质生活和精神生活做简化处理，而把简朴的观念落实到物质和精神生活的实践层面，需要有一系列具体可承载的简化内容。比如：降低物质需求、扔掉多余物品、简化消费诉求、压缩朋友圈、确定安全边界、留出独处时间，等等。罗素说："放弃自己想要的某些东西是幸福生活不可或缺的一部分。"

梁实秋在《雅舍小品》中说："雅舍之陈设，只当得简朴二字，但洒扫拂拭，不使有纤尘。我非显要，故名公巨卿之照片不得入我室；我非牙医，故无博士文凭张挂壁间；我不业理发，故丝织西湖十景以及电影明星之照片亦均不能张我四壁。我有一几一椅一榻，酣睡写读，均已有着，我亦不复他求。"一几一椅一榻、不复他求，形象勾勒出了他简朴生活方式的标准和内容。

如果说简朴生活是世俗行为的话，那么高贵的灵魂就是世俗行为在精神世界的投射，世俗行为的态度，往往反映了灵魂世界的高度。

一个具有高贵灵魂的人，他应当有根植于内心的独立、无须提醒的自觉、以自律为前提的自由、有悲悯心的善良，是融化到骨子里血液里，随举手投足由内而外自然而然流露出来的行为习惯和生活方式。

灵魂的高贵至少有以下几个特征：

萬般而得

留也不駐

隨心取舍

平然簡素

戊戌冬 老村

一是能尊重自己。这是灵魂高贵的缘起，自爱者方能为人所爱。《论语》中有句话：君子不重，则不威。意思就是人若不自尊自重，就不能引起别人的尊重，也建立不了威信。尼采说："高贵的灵魂，是自己尊敬自己。"现实生活中，看似简单的自重，在金钱、名利、地位等的诱惑下，需要加倍用心修行才可以做到，在其间忽视或看淡自己，甚至委曲求全、丧失人格的行为，最后都可能成为别人轻视甚至侮辱你的理由。如南怀瑾先生所说："物必自腐而后虫生，人必自侮而后人侮之。"一个懂得尊敬自己的人，一定是一个自爱的人。

二是有独立精神。就是有自己独立的思想、梦想和目标，有高雅的气质、勇敢的气魄和坚韧的意志，通过强大的精神力量对物欲能处之裕如，体力、财力、能力、智力等都不过是精神力量的外在工具。国学大师陈寅恪被称为是一个有高贵灵魂的人，历史学家傅斯年评价他是"近三百年来一人而已"，就是先生把追求"独立之精神，自由之思想"作为一生的信仰。他在《对科学院的答复》提道："没有自由思想，没有独立精神，即不能发扬真理，即不能研究学术。"如此风骨，让人肃然起敬。

三是有做人的底线。就是能在诚信、良知、欲望和道德之下划一条高压线而不去碰触。底线既是做人的原则，也是一种骨气。一个人只有有了底线，才能彰显人性的光辉和灵魂的魅力。当前社会道德领域一个非常严重的问题是越来越多的人没有了做人的底线，为达到目的不择手段、为满足私欲百无禁忌。这样的人，灵魂离高贵只能越来越远。郝士钊在《做人的底线》一书中有一段话说得很精彩："做人是有底线的，是需要底线的，我们在为人处世中必须维护底线。底线是为人伦、人际以及社会游戏规则避免遭到侵蚀破坏而设置的最重要的防线，有了底线，我们的价值观才能确立，我们的行为才能规避风险。"

四是有好的品格。好的品格才能滋养出高贵的灵魂，它所迸发出来的力量让人更具人格魅力。夏洛蒂·勃朗特的传世名作《简·爱》中的女主人公简·爱之所以能风靡两个世纪，就在于她满足了人们对女性应该具有的好的品格的所有想象。其中的经典名句让人过目难忘："你以为我贫穷、低微、不美、渺小，我就没有灵魂，没有心吗？你想错了，我和你有一样多的灵魂，一样充实的心。"现实世界里，很多时候别人如何评价你，主要取决于你如何评价自己。只有当你自己灵魂高贵的时候，你才能成为别人眼中高贵的人。

>> 石稼先生说，人的境界，既在其表也在其里，在其表是生活的态度，在其里是灵魂的高度，态度与行为选择有关，高度与价值取向有关，二者的结合才能真正到达人生的最高境界，才能彰显生命的价值、意义和荣光。要知道，简朴的生活、高贵的灵魂，不喧哗而自有声。

智慧始于克服恐惧

天色将晚，抱鱼上床。世间事，随他去！

——老树

曾经和正在发生的恐惧不是命运带给你的劫难，而是强大你、度化你的机缘，经受恐惧、接受恐惧和战胜恐惧是人获得正念和智慧的不二法门。

——石稼先生

人们常常以呱呱坠地来形容婴儿诞生，哭声宣告了一个生命来到世间。科学上讲，胎儿是通过胎盘由母亲供给氧气，一旦出生这条通路被切断，孩子就靠自己的肺呼吸了。第一声哭喊既是肺张开的表示，也是对十个月生存之路被切断恐惧的本能反应。人从来到这个世界上那一天起，直到离开这个世界，多在与恐惧抗争，喜怒哀乐、生老病死到处存有恐惧的陷阱，其中最大的恐惧来自对终将离开这个世界的不舍得。一个能笑着离开这个世界的人，该是拥有何等的智慧和修行。

纪录片《生命里》有这样一段话："喜新厌旧似乎是人的一种天性，人们总是习惯性地关注开始、新生、开幕，而不太关心甚至不愿去思考结束、离去、落幕。但真实的世界却不是这样，始与终是事物的一体两面，没有落幕的戏剧是不完整的，没有尾声的人生当然也是不圆满的。"因此，直面由失败、结束、落幕、离去等造成的恐惧并克服，既是勇气的考验，更是智慧的体现。

恐惧是什么？说到底是人与生俱来的一种情绪反应。人有七情，恐惧是其中之一。《礼记》称七情为"喜、怒、哀、惧、爱、恶、欲"，《三字经》称七情是"曰喜怒，曰哀惧。爱恶欲，七情具"，佛教的说法为"喜、怒、忧、思、悲、恐、惊"，医家的七情是"喜、怒、忧、思、悲、恐、惊"。显然，恐慌和惧怕是儒释道都认同的人类基本情感之一，既是一种情绪表达，也是人类天生的弱点和本能。如何克服恐惧，是人类的古老命题和情绪变化的永恒叩问，因为很多时候的恐惧极其晦涩又难以捉摸。人的一生由被各种有理由和无厘头的恐惧所困扰到逐步克服，是一个人智慧不断提升的过程。

人为什么恐惧？无论是现代科学、医学、心理学还是哲学、宗教等都从不同角度给出了答案。心理学家认为恐惧与人的潜意识有关，通常与当事人幼年及青春期的经历和挫折体验有关。这种潜意识与人的自卑感、怕的心理、不自信、追求完美、未来预期的不确定性等因素结合在一起，就会产生各种各样的恐惧。《杂阿含经》的解释是"住已，则生恐怖、障碍、心乱"，意思是心随物转后，物质与众生的心等同无二，心即是物、物亦是心，如果摄受的心行没有摄取对象，失去心物一元，人就会充满恐怖、担忧，心情烦乱，甚或迷茫。德国哲学家尼采认为，只有病弱者才会恐惧，才会对生命中可怕与不幸的东西进行否定，才会对毁灭之痛一味地逃避。

某种意义上，恐惧是一个终极智慧问题，伴随着科技、文明的进步和人类对自己认知的不断深化，解决恐惧问题更凸显其重要性。

恐惧作为人类对真实生活情况的心理反应，从出生那一刻起就与生命绑在一起，如影随形。大的方面说，有对死亡、疾病、地狱以及地震、海啸等自然灾害的恐惧；小的方面说，有对就业创业、生离死别、家庭破裂、事业失败等的恐惧。一旦恐惧占据了你的内心，无论身体、心理还是行为上，会形成一种相对固定的恐惧症状，比如，心跳加速、冷汗淋漓、肌肉紧张、心神不定，甚至做出过激反应。总的来说，恐惧作为强烈的心理体验，由心理作用引起的系列身心变化，代表了人类的心理应变本能。

怎样克服恐惧？因为个体的差异性，一千个人有一千种办法。哲学家的告诫是：用心生活，恐惧就不再成为一个问题。罗素提出的缓和恐惧情绪的技巧是：只要你坚持面对最坏的可能性，并怀着真诚的信心对自己说"不管怎样，这没有太大的关系"，你的恐惧情绪就会减少到最低限度。心理学家给出的处方是：放下恐惧的最好方法，就是照亮它们，承认它们的存在，并且找出根本原因。博士杨杰力在肯尼迪学院的演讲中提及了战胜恐惧的方法：无所畏惧地活着，是让自己远离畏惧的唯一途径。这些闪耀着智慧光辉的建议和感悟都是克服恐惧的重要良方，值得深思。就一般而言，面对现实、接受事实，直面你的恐惧，是克服恐惧的重要前提。一位心理学大师说过："如果你害怕黑夜的话，就走进黑夜，那是克服它唯一的方法，那是超越恐惧唯一的方法。"有了这样的观念，再去采取积极的行动，才能逐步建立克服恐惧的信心。对于一些潜在的危险、威胁、恐惧，最好的办法是从心理上做最坏的打算，把失败考虑在前，以足够的心理准备去应对不测。

美国总统罗斯福曾经说："我们唯一需要害怕的，就是害怕本身。"克服了害怕本身，你将无所畏惧地前进，而不断尝试做自己害怕的事情、调整应对恐惧的身心状态、减少心理不必要的负担、顺应时变等都会成为战胜恐惧的重要方法。

>>　　石稼先生说，恐惧作为人内心世界对外在事物的映射，和希望是同一件事情的一体两面，曾经和正在发生的恐惧不是命运带给你的劫难，而是强大你、度化你的机缘。没有恐惧就没有希望，如果说诚惶诚恐、战战兢兢是人生赢家的重要秘诀，那么经受恐惧、接受恐惧和战胜恐惧就是你人生获得正念和智慧的不二法门。

学会独处是一种能力和生活方式

天地虽然萧瑟，春风快要吹来。看着雪花静落，等着梅花绽开。

——老树

独处是一个人灵魂生活的重要内容，学会独处，既是"放空"麻烦、解决问题的必要方式，也是提升层次和境界的智慧，更是一个人回归自我的狂欢和找回内在力量的钥匙。

——石稼先生

人这一生独处的时间很长，一般而言，一个人醒着的时间里至少有三分之一是独自一人。作为人生命的重要组成部分，如何利用好这些独处的时间，确实考验一个人的智慧和能力。

独处是人精神世界的本能需求，是灵魂生长的必要空间。独处时，我们会从人群和繁杂的事务中抽身出来，独自面对自己。一个人独处的方式有很多，可以一壶茶、一杯咖啡，在品尝中享受生活；可以一本书、一张椅，在书香中惬意人生；可以一根烟、一炷香，在烟雾缭绕中躬身反省；也可以仰望星空或发呆，在放空中思考世界的哲学奥秘，等等。总之，一个人无论处在什么样的阶层和位置，也无论是一生还是一天，都应该给自己安排一个独处的时间和空间。因为真正的富有，是放下一切喧嚣和繁华，让自己回归独处的世界。

英国著名短篇小说《到 19 号房间去》，讲的是一个女主人为了能有独处的时间，偷偷在小镇外的一个偏僻旅馆租下 19 号房间的故事。她每天下午离开丈夫和孩子，到那里待上一阵，以感受独处带来的简单宁静的幸福。人们不理解为什么她一到下午就要消失，故事的最后，她宁愿撒谎说自己出轨了，也不愿意告诉别人自己有一间秘密的房子，因为在她看来，独处是"最美好的体验"，不仅是一种精神需求，也是一种生活方式。

和复杂烦琐的社会交往相比，独处要简单得多。独处其实就是和自己相处，哲学家芝诺曾被问及"谁是你的朋友"时说自己的朋友是"另一个自我"。学会与自己相处，就是给自己时间去观察和认识自己。判断一个人究竟有没有"自我"，就是看他能不能独处。不懂得利用独处时间的人，在某种程度上是一个丧失自我的人，是被群体异化的人。因为他一旦离开了人群就会是恐慌的、焦虑的，甚至会感到孤独和绝望；懂得独处的人，他会是窃喜的，充实的，精神满足的，甚至为了享受独处而主动切割放弃一些人和事，远离各种干扰。人只有独处的时候，才可能完全成为他自己。

独处给人带来的好处很多，大的方面说，独处可以增加人生的高度和厚度。独处能让人认清：我们既是独自来到这个世界，也终将不可避免地独自离开这个世界。了解这一点，你的心灵就会变得更加平和安宁，对很多的人与事多了理解和宽容，对很多的纠结与难题多了释然和放下，人生也不再那么局限和狭隘。小的方面说，高质量的独处，可以增强人的注意力和创造力。独处的人，大脑会处于相对单纯的环境，与外部事物产生的摩擦和消耗会减少，人的创造思维会非常活跃，思维上的定势和旧有框架很容易被突破。独处还是给自己"充电"的必要条件，通过再学习、再思考去解决自己在工作、思想或人生际遇等方面遇到的困境和难题。

独处是成就事业的重要条件。牛顿一生几乎都在独处中，独处成就他完成一系列人类重大发现和发明创造。回溯历史，李时珍写《本草纲目》用了 27 年，徐霞客写《徐霞客游记》用了 34 年，达尔文写《物种起源》用了 27 年，马克思写《资本论》用了 40 年。如果没有独处的时间和独立的思考，这些成就很难取得。心理学家把独处看作是人成长进步和内心世界不断丰富的必要条件，认为只有具备独处能力的人，自身才可以进行有效的内部整合，通过独处把新的经验放到内在记忆中的某个恰当位置，将外来的印象进行自我消化，进而形成一个既独立又生长着的相对自足的内心世界。

独处是提升人生境界和层次的一把钥匙。当一个人独处时，其表现无外乎两种情况：一种是惊慌失措、不知所措；一种是泰然自若、气定神闲。法国哲学家帕斯卡尔说过，几乎我们所有的痛苦，都是来自我们不善于在房间里独处。独处的表现，暴露了你人生的境界和层次。层次高的人，不仅在公共场合让人难以望其项背，在远离人群时也一样让别人望尘莫及。这样的独处，更像是一场人生必要的修行。如果把人生看作一首乐曲，那么独处就是那个休止符，因为有了休止符的存在，才能让人生的音符排列得更加和谐顺畅。

独处作为一种能力，是需要训练的。周国平说："独处也是一种能力，并非任何人任何时候都可具备的。"既然独处能力不是天生的，那么培养良好的独处能力就需要有针对性地进行训练，通过锻造个人的意志品质和良好习惯来提升独处的能力。孔子说"慎独"，其实就是独处时关于"慎"的训练。提升与自己相处的能力，关键是要养成终身学习的习惯。马可·波罗说："真正的发现之旅不仅是寻找新大陆，也要有一双善于发现的眼睛。"良好的学习习惯，就是那个善于发现的眼睛，通过学习去扩充知识、开阔视野和延长知识的寿命，用知识的力量去抵御社会交往时的各种诱惑，去清除独处时的精神空虚和意志消沉。清代金石家张廷济有一副对联："朱晦翁半日静坐，欧阳子方夜读书"，意思是儒学大师朱熹喜欢花半天时间静坐，欧阳修常常在万籁俱寂的夜里读书，一语道破了独处与学习、思考之间的奥秘。因此，拥有独处的能力，是一个人走向成熟的重要标志之一。

> >　石稼先生说，独处是一个人灵魂生活的重要内容，生命从未离开过独处而存在，无论是我们出生、成长还是成就、衰落，直到最后的最后，独处一直存在于生命的一隅，不懂得独处的人生是有严重缺陷的人生。学会独处，既是"放空"麻烦、解决问题的必要方式，也是提升层次和境界的智慧，更是一个人回归自我和找回内在力量的钥匙。

学会在孤独中沉淀生命和饱满生活

旅途多寂寞，总是无人陪。幸有书为伴，还有云相随。

——老树

能够直面和享受孤独的人，他的生命既不乱于斯，也不困于斯，并会以清明的心境和清晰的思维去承受过往和迎接未来。

——石稼先生

很多人都有这样的体会：有时候虽然身处繁华闹市，却依然感到孤单形影、孤苦伶仃；有时候虽然身边围绕着一群人，但却依然感觉没人能够懂你和让你倾诉；有时候同床共枕、身体紧挨着对方，而灵魂却四处飘荡、无处安放。难怪有人说："孤独是一个人的狂欢，狂欢是一群人的孤独。"

孤独作为人类永恒的讨论课题，不外包括三个方面：一是人为什么会孤独；二是孤独和当下的关系，应该享受孤独还是忍受孤独的煎熬；三是怎样看待人生的孤独，孤独是生命的悲哀，还是孤独可以沉淀为人生的厚度。

什么是孤独，哲学家、社会学家、心理学家乃至宗教界人士都有不同的定义和理解，可以找到著述等身的有关论述。就共性而言，孤独不外是两种状态，一种是身体状态，独自一个人，比如幼而无父和老而无子的人；另一种是心理状态，精神世界独自一个人，如一个人身处热闹场合仍深感孤单。人的一生中，无论喜欢还是不喜欢，孤独都如影随形，一生中从未孤独过的人是不存在的。很多时候，孤独作为一种现实存在和心理反应，是人类存在的本质，常被视为人类痛苦最普遍的来源之一。

叔本华说"人生来就是孤独的"，他在《人生的智慧》一书中这样写道："在这世上，除了极稀少的例外，我们其实只有两种选择：要么是孤独，要么就是庸俗。"在现实生活中，尤其是在浮躁的当下社会，叔本华说的"人要么庸俗、要么孤独"非常形象地刻画出了现代人的生活状态。

克尔恺郭尔说："任何一个人都是一个孤独的个体，他生来独一无二，不可替代。每个人的一生中，随时随地都在体验着人生的各种各样的痛苦和磨难，让人类意识到自己的不确定性和有限、脆弱，并从死亡中体会到人的终极性的悲剧下场。"世界卫生组织的一项调查研究显示，孤独是困扰现代人的一大难题，无论是平凡的普通人还是事业辉煌的成功者，深受孤独困扰的人越来越多。主要表现为：远离社交人群、很少参加集会或约会、喜欢一个人待着或独来独往、缺乏亲密朋友、用更多时间与外界隔离等。诱发孤独的原因很多，有的源于现代工业社会和信息革命对人精神世界异化造成的冲击，有的源于社交引起的困境窘境，有的源于思想、观念和精神需求的巨大差异导致语言难以发挥沟通效用，等等。显然，个体生命精神旅途多寂寞，寂寞總是無人陪伴。有書爲伴，還有雲相隨。

丁酉冬·小寒時作讀書冊

需求与外界事物、环境之间的矛盾是产生孤独的总源头。

无论是克尔恺郭尔说的每一个人都是孤独者，还是叔本华所说孤独是一种选择，孤独都本现为人性的觉醒和内在自我的回归，它促使人反省世界、直面灵魂，最终在孤独的人生经历中完成从群居动物，向由本体、灵魂、思想、自由等要素构成的自我世界和价值体系的重建。也就是著名心理学家弗洛伊德所说的"三我"理论，即"本我，自我，超我，就能完全让我们从独孤的状态中脱离出来"。很多时候，孤独总是与优秀的人如量子般纠缠在一起，因为他们需要更多孤独的时间和空间来与自己的灵魂对话，与自己相处。无法忍受孤独的人，很难拥有成功的人生。

蒋勋说："孤独没有什么不好。使孤独变得不好，是因为你害怕孤独。孤独是生命圆满的开始，没有与自己独处的经验，不会懂得和别人相处。"孤独作为生命无法回避的存在形式和必经历程，我们需要做的不是回避孤独，而应是勇敢地直面孤独，把孤独作为人生的必修课，了解其真相和意义，并与之和谐相处，享受孤独，构建一个孤独的美好世界。

林语堂笔下的孤独让人神往："孤独两个字拆开，有孩童，有瓜果，有小犬，有蚊蝇，足以撑起一个盛夏傍晚的巷子口，人情味十足。孩童水果猫狗飞蝇当然热闹，但都与你无关，这就叫孤独。"从精神需求角度看，与孤独和谐相处远比通过社交等排解孤独或选择性遗忘孤独要深刻和管用得多。习惯于和孤独和谐共处，意味着你的内心要足够强大，在各种诱惑和困难面前能坚守底线和原则，不妥协、不将就、不迎合讨好；习惯于孤独和享受孤独，意味着你会以欣喜的姿态随时准备接纳孤独，把它填充得更饱满、更有趣味儿，一本小书、一杯咖啡、一缕阳光、一株野花、一阵小风，都能让你自得其乐、自娱为乐。一个习惯于耐得住寂寞和懂得享受孤独的人，一定是一个有趣的人，也会是令人尊敬的人。

>> 石稼先生说，孤独是人内在世界与外在世界之间的精神互动场，我们应该满怀喜悦甚至狂喜去拥抱孤独。孤独不仅是凸显生命价值和存在意义的重要方式，也是沉淀生命和饱满人生的难得机会。能够直面孤独和懂得享受孤独的人，他的生命不管在身体里面还是外面都会是从容和不慌张的，既不乱于斯，也不困于斯，并会以清明的心境和清晰的思维去承受过往和迎接未来。

不功利，才是人生大智慧

不屑与世相争，平然淡泊此生。心存一个闲梦，其他随了春风。

——老树

每个人都需要功利，这是人之常情；每个人也需要不功利，这是人性的光辉。不功利的意义在于能让你听到内心最美好的声音，让你功利的行为真正走向完美，得到"无心插柳柳成荫"的正果。

——石稼先生

功利，顾名思义是指功名利禄，功利心表明的是一个人对功名利禄的看重及追求心态。功利心作为人类欲望的重要体现，是造物主赋予的原性。人类几千年的文明史，包括科学和技术的进步、道德与法律的完善等，某种程度上是在欲望驱使下完成的。为避免欲望偏离了文明进步的轨道，人类将欲望置于道义的约束之下，目的是避免不受约束的欲望产生有害的功利心，而将人类文明与进步置于倒退甚至毁灭的危险境地。

从几千年社会发展的实践看，对"功利"的评价一直褒贬不一。日常生活中我们常说的"不要太功利"或"不要急功近利"，就是说一个人不要太看重名和利，为了名和利而做人做事不择手段，甚至不惜牺牲他人幸福来成就自己的行为，是为社会所唾弃的，这里就有个"度"的问题。

把"过犹不及"这句话用到功利心上，首先是说人要有功利心，这是"过"的前提。人是社会性动物，需要与他人交往，并在交往中体现自身价值，适度的功利心是推动社会进步和实现自我人生价值的重要驱动力，也是为自己和家人创造更好生活条件和质量的重要前提。对每一个不是富二代、官二代的年轻人而言，不功利、不讲利益，你拿什么讨生活？没钱的日子能过得下去吗？让父母寄予的期望一次次落空，你不内疚吗？我们没有理由指责那些追求金钱取之有道的年轻人和为了更好地生活而马不停蹄奔波的人。现实生活中这样的"功利心"可以解释为进取心，或者实用主义。没有功利心就如同没有动机、目标和理想一样，使人失去拼搏的动力和前进的方向。

霍尔巴赫说，利益是人类行动的一切动力。对功利永不停歇的追求和寄望，像一只无形的手，驱使和推动着人以饱满的热情去创造和发展。英国经济学家、哲学家亚当·斯密有一个被称为"看不见的手"的理论说，"每个人都试图用应用他的资本，来使其生产品得到最大的价值。一般来说，他并不企图增进公共福利，也不清楚增进的公共福利有多少，他所追求的仅仅是他个人的安乐，个人的利益，但当他这样做的时候，就会有一双看不见的手引导他去达到另一个目标，而这个目标绝不是他所追求的东西。由于追逐他个人的利益，他经常促进了社会利益，其效果比他真正想促进社会效益时所得到的效果为大"。亚当·斯密比较形象地描述出了追逐功利尤其是经济利益给社会发展带来的好处，在客观上无形中促进了社会

世相爭平然

不屑與

吾倦矣

澹泊此

生心存一個

閑夢其他

隨了春風

丁酉孟秋老樹

的良性运转和进步。有人说，我之所以喜欢这个"功利"的世界，就是因为功利的背后，承认的是我们的努力，这才是功利的真谛。

这几年社会上刮起一股"佛系"风潮，一些年轻人标榜自己是"佛系青年"，美其名曰要过一种顺其自然、不争不抢的生活，甚至称要过"你说月亮是方的我都懒得跟你吵"的生活，以此为名逃避现实的激烈竞争和各种社会压力。殊不知真正的顺其自然和不争不抢其实是竭尽所能努力之后的不强求，并非两手一摊的不作为。司马迁在《史记·货殖列传》中说："天下熙熙，皆为利来；天下攘攘，皆为利往。"意思是说天下人为了利益而蜂拥而至，为了利益各奔东西。既然普天之下的芸芸众生都为了各自的利益而奔波，我们又何必给自己冠上一个所谓的佛系或其他什么系来否定自己是芸芸众生和逃避该有的努力呢？

功利的"过犹不及"另一层意思是说，功利心本无好坏，关键是要把握好度，不能功利心太强、太重，否则就容易失去自我。而避免人被功利绑架，这其中的奥秘在于给自己设定一个功利阈值，将感性与理性、利益与人性、欲望与知足、功利与道义结合起来，从容面对名利场中的荣与辱、得与失，保持心灵和躯体的平衡，做一个有情、有味、有度，懂得满足和感恩的"功利人"。同时，要学会宽容、接纳那些有功利心的人，既要认识到这是人性的必然，大都如此，何必羞于启齿和面对；也要认识到他人与你交往的功利性也恰恰是你价值的体现，而让他人有"利"可图的唯一办法是不断增加自己的资本和"筹码"。

总的说，功利是把双刃剑，具有两面性，一旦人的功利心过了那个安全阈值，被贪图名利的欲望迷住了心窍，沦为功利的奴隶，那么功利就会成为害人害己的利剑，并最终让你坠入万劫不复的深渊。《列子》中有这样一个故事，说是齐国有渴望得金子的人，大清早衣冠整齐地进入市场，看到卖金子的店铺就进去，抓起金子就跑，然后他被官吏抓住了，官吏问他"这么多人在了，你为什么要偷人家金子"时，他回答"我偷金子时，没看到人只看到了金子"。现实生活中，这种只看到金子的人比比皆是。这样的人轻则被标定为唯利是图的小人，重则锒铛入狱、身败名裂。在功利问题上，中国传统文化给后人的智慧是承认人有欲望和功利，但不能让欲望和功利泯灭了心智，导致"人欲"冲了"天理"，这也就是朱熹呼吁要"存天理，灭人欲"的真正目的。

与正视功利和适度功利相比，人真正的智慧和境界在于不功利或利他。从这个意义上说，功利是一道多选题，而不是单选题。与社会中普遍存在的功利主义和利己主义相比，不功利和利他会给你的人生赋予更深刻更丰富的内涵，也是社会净化的清流和方向。

马斯洛需求理论指出，最不需要功利的事、最不苛求功利的人，他的需求的最高境界——就是为了能得到别人的承认，体现自身的价值。这种需求的最高境界，代表了功利心的发展方向和归宿，体现了人类的智慧。

对功利的态度最容易考验人性，有智慧和境界的人，往往能有效控制住自己功利的本性，以不功利或利他的心态为人处世。而当这种行为方式成为人生的常态时，你会发现，你得到的远比失去的要多得多。复旦大学教授陈果的一段话说得很贴切：真正的朋友，应该是无用的，无功利之用。

与人交往，放下功利心，你才能赢得真心。

回顾中国的历史，中华文化对功利的态度一直沿着截然相反的两条路径发展：一方面在鼓励人们追逐功利，主张"学而优则仕"，要天下的才子都要"货卖帝王家"。国学大师南怀瑾一语道破中国文化的政治意涵："三千年读史，不外功名利禄"，意思是读通了三千年的历史，才明白其中记载的不外乎是功名利禄的事件。另一方面鼓励人们"淡泊以明志、宁静以致远"，像"上善若水"一样泽被万物而不争名利。两个看似矛盾的方面，实际上代表了中国传统文化"以出世心做入世业、以内修圣人之道外建王者之功"的价值理念，通过内在的不功利心超越功名利禄藩篱，达到明心见性、悟道成圣的成就大我境界，体现的是大智慧。如南怀瑾大师参悟人生所说："佛为心，道为骨，儒为表，大度看世界。技在手，能在身，思在脑，从容过生活。"

>> 石稼先生说，功利和不功利代表了人不同的价值偏好，功利者看重名利及其结果，追求的是利益的最大化；不功利者更看重名利背后的人性和初心，追求的是自我超越和价值意义。每个人都需要功利，这是人之常情，但不能让功利遮蔽了眼睛、蒙蔽了心智；每个人也需要不功利，这是人性的光辉。不功利的意义在于能让你听到内心最美好的声音，让你功利的行为真正走向完美，得到"无心插柳柳成荫"的正果。

做一个靠谱的人，是你人生最好的信用和底牌

认真做点事，吃好每顿饭。有空多睡觉，无聊少扯淡。

——老树

靠谱是人最具智慧的品质，代表了人格、思维和心智上的成熟。靠谱会让人立于不败之地，赢到最后、笑到最后。

——石稼先生

在社会信任和信用危机日趋严重的今天，"靠谱"作为中国社会几千年以来从来就不是问题的问题，却出现了许多问题：拍着胸脯保证了100遍没问题的事最后却全是问题，答应好的事到了临头却突然变卦还不以为耻，台面上表态举双手赞成台下却暗下黑手，嘴上说马上办的事一拖再拖，等等，没人可信、没人能信和没人敢信成了当今社会的痼疾。于是，不断完善的法律合同、不断公布的老赖名单、不断扩大的公证事项和不断健全的征信制度等，都成为防范不靠谱和信用缺失的重要防线。当道德领域的痼疾开出了法律、制度的药方时，治疗的是标而不是本。

靠谱的"谱"字，是演唱时作为依据的音乐符号，一个歌曲的"谱"

一旦形成，演唱者就必须依"谱"而唱，否则就是"跑调"和"离谱"。"靠谱"的引申义是形容人"行得正"和"靠得住"，与其相处让人放心和有安全感。一个人或一件事一旦被归为不靠谱的一类，也就被打入不被信任之列。观察一个人靠不靠谱，会有一些非常明显的特征，比如：赴约会不会守时、答应的事能不能办到、为人是不是谦逊厚道、做事是不是丢三落四、情绪是不是稳定理性，等等。

从社会心理学的角度看，一个词或一种价值理念能成为一种流行元素，一定是这个社会稀缺但又同时是大家需要的，反映的是一种群众心理现象。"靠谱"作为从"离谱"衍生出的北方方言，能变成当代的流行词汇，恰恰说明了这一点，正是人们对可靠和值得相信与托付的社会风尚发自内心的渴望与呼唤。当靠谱作为一种社会风尚成为主流价值时，人们的思维和行动就有了一致性和可预测性，可预期的结果对人最大的影响是安全感和归属感。

从中华文化的根上讲，靠谱一直是中华文化基因中的固有元素。做一个靠谱的人，其实并不是什么难能可贵的品质，而是中国历代先贤强调的生而为人的应有之义，是人真实无妄的本性。《荀子·不苟》中说："天地为大矣，不诚则不能化万物；圣人为知矣，不诚则不能化万民；父子为亲矣，不诚则疏；君上为尊矣，不诚则卑。夫诚者，君子之所守也，而政事之本也。"意思是说天地要算大的了，不真诚就不能化育万物；圣人要算明智的了，不真诚就不能感化万民；父子之间要算亲密的了，不真诚就会疏远；君主要算尊贵的了，不真诚就会受到鄙视。真诚，是君子的操守，政治的根本。由天道规律引出一个人内化为诚，外化为信，就是靠谱。

認認真真做點事

喫好每頓飯

有空多睡覺

無聊少批淡

乙未老村乙造

孔子非常看重靠谱，把诚信上升到个人安身立命之本、与人交往之道、国家立国之基的高度来提倡，反复提及。资料显示，《论语》中共出现"信"字38次，足见其对诚信思想的重视，他说"人而无信，不知其可也。大车无輗，小车无軏，其何以行之哉"，意思是人缺少了诚实守信的品德，就如同车子缺少了輗軏无法行进一样，在社会上将寸步难行，强调人应该遵守"言必信，行必果"的道德准则。对于诚信在国家治理中的作用，孔子认为诚信是"国之宝"，一个国家可以"去食""去兵"，但不能"去信"，强调，"言忠信，行笃敬，虽蛮貊之邦行矣；言不忠信，行不笃敬，虽州里行乎哉"，强调的是诚信为政府取信于民的根本途径，是一个社会存在和发展的根本保证。当前中国社会出现的诚信缺失问题，小了说是人的道德品质和修养问题，大了说则是国家与社会治理的严峻挑战。

　　怎样才能成为一个靠谱的人？并没有什么神秘的法门。在老祖宗的人生哲学中，早就给出了答案，只是很多人在欲望和名利的驱使下，迷失了中国人固有的本性，导致了靠谱品质的缺失。

　　首先，靠谱要一诺千金。《史记》中记载"得黄金百斤，不如得季布一诺"，是说楚汉相争时期，项羽手下有个战将叫季布，他为人重承诺，讲义气，答应别人的事无论多么难，一定想方设法办成。在楚地流传着这样一句话："得黄金千两，不如得季布一诺。"一个靠谱的人，懂得许下的承诺，就像欠下的债一样是要还的，所以他们一般不轻易许诺，承诺的时候心里肯定有了把握或通过努力有实现的较大可能。因此，要成为靠谱的人，很重要的一条就是要有自知之明，能客观认知到自己的能力范围和边界，对超出能力范围和边界的事懂得拒绝。而在当下社会，对相当一部分人来说，说话算数、说到做到却成了做人的一种稀缺品质，那些拍着胸脯信誓旦旦说"没问题""我保证""你放心"的人，最后的结果却是信用破产，问题一堆。靠谱与不靠谱，就像大海中游泳的人，潮水退去了才知道到底是谁没有穿泳裤。

其次，要有闭环观念。就是一件事有开头，也要有结尾。古人讲"有始有终，善始善终"，现在讲"凡事有交代，件件有着落，事事有回音"。工作中靠不靠谱，关键看一个人能不能让凡事"闭环"。闭环看似是个节点，但折射出的却是对待工作、生活的态度与责任感。一个做事不能闭环的人，很难让人放心和托付。

有篇叫《收到请回复》的文章引起很多人的共鸣，文中说："'收到'是一种尊重，懂得尊重他人，人品不会差；'收到'是一个承诺，有契约精神的人，人品不会差；'收到'是一份交代，凡事都有交代的人，人品不会差。"文章通过"回复消息"这件几秒钟就能完成的小事，告诉我们如何判断一个人的人品和工作是否靠谱。判断一个人靠不靠谱，是要看他做事是否有头有尾，有交代、有回复。有人曾经问股神巴菲特："您认为一个人最重要的品质是什么?"很多人都觉得答案无非是聪明、灵活、情商等。没想到，巴菲特却意味深长地说："靠谱，是比聪明更重要的品质。"

再次，要有底线意识。靠谱的人，会在内心划出一条红线，懂得节制私欲、克制贪欲，知道哪些事该做，哪些事不该做，恪守法律和道德底线。如《孟子》所说："人有不为也，而后可以有为。"每个人都喜欢和靠谱的人相处，一个很重要的原因是内心踏实，不用担心他会因利益诱惑或其他意外情况突破底线，把你牺牲掉。现实生活中，一些人为了所谓的"蜗角虚名"和"蝇头微利"斗得你死我活、刀刀见骨的现象屡见不鲜，甚至不断刷新我们对底线的认知。殊不知，这些犹如无底深渊突破底线的贪念，会将你的灵魂一点点裹挟、吞噬，最终让你欲罢不能，甚至变得面目狰狞，最终不仅伤了无辜、失了人心，也赔上了自己的人生。

>> 石稼先生说，人一生想要不被聪明或愚笨所误，最靠谱的办法是靠谱。靠谱是人最具智慧的品质，也是对人品的最高评价，代表了一个人人格、思维和心智上的成熟。靠谱的人通过言而有信的原则、守时守约的精神、诚实稳定的行为、坦荡光明的格局、未雨绸缪的眼光赢得尊重和认可。靠谱会让你的人生立于不败之地，赢到最后、笑到最后。

努力做个有温度的人

黄昏乍凉还热，湖山梅雨初收。对饮花前云侧，坐待残月如钩。

——老树

人生的厚度取决于人性的温度。那些历经劫难、饱经风霜的打磨后依然灿烂的人，是在炎凉世界活出温度的人，也是守住人性初心的人。

——石稼先生

人这一生，从一声啼哭来到这个世界，到一群人痛哭离开这个世界。人是有感情的动物，温度代表了人的初心。只是一些人在经历了坎坷、无奈、困顿等大大小小的挫折甚至苦难、灾难后，开始变得麻木不仁，做事没有激情，做人没有热情，成为"最熟悉的陌生人"。

做人，重要的是要有温度，不管你是内向外向、感性理性、无私自私、清高世俗等等，只要有了温度，在带给人温暖和快乐的同时，也给了自己更多成功的机会和可能。黑格尔说："没有热情，世界上没有一件伟大的事能完成。"因为人在温度和热情的加持下，会自觉不自觉地调动一切潜能和资源，为我所用，成功的概率自然更高。

有没有温度，全在一念之间，一念温暖如春，一念冰冻三尺。"送人玫瑰，手有余香"，做个有温度的人，你会发现周围的世界也是暖的，世事炎凉，唯暖可化。做个有温度的人，不但能暖到别人，也会在不经意间暖到自己。

人情冷暖，中国文化婉转流淌五千年的诗词歌赋，莫不因暖而歌、因冷起悲。暖与冷，其实是心的温度对心的温度。《世说新语·伤逝》中记载了竹林七贤之一王戎的一段感悟："圣人忘情，最下不及情；情之所钟，正在我辈。"抛开圣人忘情与下等人不及情，活在当下的人，要有情，体现了生命的鲜活意义。

人有没有温度，与年龄大小、地位高低、知识多寡、财富多少无关，而与人性有关，反映着人内心的质地。文明的进化、科技的进步、财富的累积增加了人生存的资本和条件，但也带来了人类异化的恶果，于是社会发展中就出现了极为讽刺的现象。财富等成了泯灭人性温度的元凶，并在官场、商场、情场等如剧场般赤裸裸地演绎了几千年。古今中外，概莫如此。古人那些道破人心、洞穿人情冷暖的词句：仗义每从屠狗辈，负心多是读书人；朱门酒肉臭，路有冻死骨；贫居闹市无人问，富在深山有远亲；有酒有肉皆兄弟，患难何曾见一人，等等，便是世俗常态的写照。

>> 石稼先生说，人生的厚度取决于人性的温度。人活着从来都艰难，但艰难从来不是泯灭人性温度的理由，只有艰难困苦，才能"玉汝于成"。那些历经劫难、饱经风霜的打磨后，只要给一点光就依然灿烂的人，是在炎凉世界活出温度的人，也是守住人性初心的人。

真正有智慧的人都富有想象力

总说有个彼岸，是个美好地方。有人曾经去过，说跟这里一样。

——老树

拥有丰富的想象力是成人世界难能可贵的品质，拥有了想象力，也就有了更多支配人生的权力，能从中提取重构人生所需的元素和能量。

——石稼先生

人和动物的一个重要区别，在于想象力。新锐历史学家尤瓦尔·赫拉利在《人类简史》中说："智人优于动物之处，在于智人可以构建共同的想象。"想象力本是一种先天能力，是人在已有概念、感性材料的基础上，在头脑中创造出新概念、新形象的能力，只是很多人在经历了诸多波折、挫折、劫难后，丧失了本能，生活无味、人生无趣、生命无感，进入一种可悲可怕的"僵尸"状态。

从大的方面说，想象力是人类文明发展的动力源泉。从饮血茹毛到今天的现代文明，多源于想象力和由想象力带来的创造力。想象力的魅力在于可以将你带入不同于现实生活的理想世界，然后驱动你去创造条件和路

径实现梦想。世界各地人类的想象元素惊人的相似，不同文明的演化进程就是人类想象力不断扩展、提升的过程。

哲学家狄德罗说，"想象，这是一种特质。没有它，一个人既不能成为诗人，也不能成为哲学家、有思想的人、一个有理性的生物、一个真正的人"。从小的方面说，想象力是个人享受人生、实现价值的重要途径。想象力可以拓展现实生活的宽度和高度，使你感受惊奇，制造快乐，享受自由，辐射生活的方方面面。

当我们费尽心血、千方百计培养孩子的想象力和创造力时，殊不知成年人更需要。成人的想象去除了孩子们那些不切实际的幻想和空想，在想象和现实之间确立一个连接点，即便奇思妙想也是接地气的。

怎样提高自己的想象力？心理学家、社会学家给予了中肯的建议，比如不断增强学习能力，积累渊博的学识和丰富的经验；不断增强分析归纳能力，善于把不同种类的表象重新整合创造出新的形象；不断增强综合分析能力，善于把若干对象中最具代表性的普遍特征提炼归纳成新的对象；不断增强发散思维能力，善于把适合于某一范围性质的对象扩展到相同或相近层级对象，等等。广泛地接触、观察、体验生活，不断恢复人类应有的观察、好奇、怀疑、疑问、幻想等固有品质和求知欲望，无疑是想象力扩容的重要途径。

如同人类文明的进步需要动力一样，提升想象力的建议、方法和途径都源于保持对生命的热情。捷普洛夫说："一个人的想象活动与其情绪生活是紧密地联系着的。创造想象的重大创造，永远产生于丰富的感情之中。"

>> 石稼先生说，历尽波折和艰辛依然拥有丰富想象力是成人世界难能可贵的品质和智慧。谁拥有了想象力，也就有了更多支配人生的资本和权力，并从中提取他重构人生所需的元素和能量。

别总和自己过不去，这样你真的会死

任天下覆了也罢，终不过一场繁华。

——老树

不和自己过不去，所有的事都会过去，身体减负和精神放下，让那个预知的明天先于那个不可预知的意外到来。

——石稼先生

写下这样扎心的题目，是因为一个非常敬重的朋友老郭突发心脏病走了。由于走得突然，老郭的儿子小郭猝不及防，筹备葬礼时不知道老郭有哪些好朋友要最后送一程，于是就替老郭发了最后一条朋友圈："大家好，我是小郭，这是我父亲老郭今天第一条朋友圈，也是最后一条朋友圈，2019 年 12 月 7 日凌晨 1 点 26 分，他老人家因突发心梗去世，由于事发突然，父亲的很多朋友联系方式我无法找到，所以在这里先告知各位一下，也麻烦各位看到后和我联系，我的联系方式 131×××××××××。"一时间老郭的朋友圈炸了锅。因为就在前一天，老郭还声音洪亮地和朋友圈里的好多同行在一起开会，老郭还抱怨说日程最近排得有点满，快喘不上气来了。翻开老郭的日程表，会议已经排到了两周后。谁也不知道明天和意外哪一个先来，老郭就是"意外"先来了，"明天"也就没机会再来了。

任天下再復了也罷能終不也罷一場繁華

甲午夏日大昱看讀明人筆記有感造此圖以記老樹

我们总以为死亡离得很远，也很忌讳去讨论和面对这个话题。其实生命的计时器一直都在嘀嘀嗒嗒地走着，并在某一个角落凶残地盯着你，一旦你和自己过不去，它就会和你过不去，在你最脆弱的时候毫不留情地将你一口吞噬。老郭还好，走到了人生的下半场，那个帅气的在浙江录制节目的台湾艺人高以翔，在人生的上半场就离场了。媒体这样记述了他的意外离场：

高以翔录制节目晕倒
高以翔心脏停搏 3 分钟
高以翔抢救无效确认死亡

当一个又一个别人的意外来临时，你敢拍着胸脯说，哪天意外不会发生在你身上吗？为了不让它降临在你头上，那就不要和自己过不去。既不自我设限，给自己设置一道道需要跨越的藩篱，也不画地为牢，给自己画定一个个需要认可的圈圈。

和自己过不去的人无外乎：一个是和自己的身体过不去，每天熬夜、加班、出差、开会，"5+2""白+ 黑"，通过透支身体来换取所谓事业上的成功和辉煌，况且你所谓的辉煌也许在别人看来不过是几句谈资，一文不值；另一个是和自己的精神过不去，被一些所谓的烦心事、棘手事、重大事搅得心神不宁，心像压了一块大石头喘不过气。其结果，有的深陷其中无法自拔，痛苦不堪，有的因放不下而郁郁寡欢，积劳成疾。身体的透支和精神的郁结，往往会让死神如获至宝，在你疲惫不堪的某个时刻将你收入囊中，让你黯然离场。

人生在世，与其说是一次艰难的旅行，毋宁说是一场开悟的修行。在途中，时而负重前行，时而忍辱前行。当负重的身体不堪重负时，要学会减压，甩掉精神包袱；当烦心事窝在心里闷闷不乐时，要懂得取舍和放下，知道所有的精神压力和心理重负不过是自寻烦恼，庸人自扰。

不和自己过不去是人生必须要迈过的坎儿。人类寿命不足百年，体重不过一百多斤，就算浑身是铁也捻不了几根钉，扛不动的就不要扛；谁的人生没有委屈过，搁不下的就不要搁。扛与不扛，搁与不搁，全在一念之间，不念不放，百事挠心；一念放下，万般自在。

生命只有一次，不要和自己过不去。罗曼·罗兰说："人生不售来回票，一旦动身，绝不能复返。"如果累了，就歇会儿，死撑的结果可能就是撑死。那些总和自己过不去的人该自私一点，多心疼自己一点，这才是对生命最大的奖赏。

人生或喜或悲，或成功或失败，或得意或失意，这一切过后，不过是填充了人生，风干了记忆，终了什么都带不走，又何必如此在意和计较呢。在意多了，会心力交瘁，计较多了，会狰狞可怖，不仅别人讨厌你，自己也讨厌自己。

>> 石稼先生说，"拿得起、放得下"是人生大智慧，不和自己过不去，所有的事都会过去。那些和自己过不去的人，大多是有使命感和责任感的人，也是最接近金字塔尖的人，身体的减负和精神的放下，不是改变成功的轨迹，而是在轨迹上走得更远更久，让那个预知的明天先于那个不可预知的意外到来。

不逼自己一把，你永远不知道自己有多强大

你问我将要去何方，我指指大海的方向。

——老树

逼迫就像一把双刃剑，如果你不能在其中很好地成长，它就会一直欺负和羞辱你，如果你顶得住，它就成为锻造你的熔炉，让你强大到无懈可击。

——石稼先生

《汉语词典》中，与"逼"有关的成语多跟着一个后续的行为和后果，比如，形势所逼、逼不得已、逼上梁山、咄咄逼人、官逼民反等等，这个后续的行为往往成为改变社会历史进程和个人人生轨迹的重要驱动力。其实，包括人类文明进步在内的一切生物进化密码都藏在一个"逼"字里。一般而言，环境的逼迫是生物进化的重要驱动力，生物在适应环境的进化中走向更高级的生命形式。

与万亿、千亿年的生物进化相比，人一生中几十年的生命也是在逼迫中度过的。人生下来的大声啼哭，是在逼迫肺泡接受新鲜氧气。接着，生命中的荆棘、压力、痛苦、疾病乃至死亡等都在逼着你去适应和面对。当

环境、工作、亲情、社会、时间、空间等层层压力扑面而来时，人活着也就演变为一场修行。

面对生活的重压，有的人一蹶不振，听命认命；有的触底反弹，绝地求生；有的愈挫愈奋，惊艳人生。在诸多人生悲喜剧中，由逼迫带来的命运轨迹或好或坏的改变，往往与个人对待逼迫的态度和反应有密切关系。如果你认为重压或逼迫让你无力反击是宿命，那么结局多是最坏的结果。如果你把重压或逼迫当作一次重新选择人生的机会，那么逼迫就成为你征服困难和障碍的利剑，通过激发潜能赋予力量和智慧来斩断最悲催的可能结局。尼采说："任何杀不死你的，都会使你更强大。"很多时候，人生的真正赢家，多是在对逼迫的反抗中产生的。

人天生有惰性，好逸恶劳和喜欢拖延是人的本能反应，而"逼"则是解决人慵懒惰性和拖延本能的一把钥匙。刘墉曾说，"逼"是长了脚的"一、口、田"。只要这只脚迈开了，代表福气、富有的"一、口、田"就会降临到头上。把物理学上的作用力与反作用力理论用到人身上，逼造成的压力和推力就成为人前进的动力和追求的目标。俗话说"吃得苦中苦，方为人上人"，这个苦其实就是一种逼迫。

翻开中国五千年的历史，那些创造辉煌历史的人多是被逼出来的。楚霸王能以少胜多大破秦兵，靠的是破釜沉舟的逼迫，朱元璋推翻元朝建立大明帝国走的也是起义的道路。大革命失败后毛泽东、朱德在井冈山建立革命根据地以及第五次反"围剿"失败后的二万五千里长征，也是被逼迫后的战略转移。

很多时候，人不逼迫自己一把，就不知道自己的潜能有多大，不把自己放到悬崖边上，就永远不知道自己能冲到什么样的高度。《孙子兵法》中有句话叫"置之死地而后生"，说的就是看似逼到绝地后的逢生。

真正能扛事、能成事的人，多是被逼出来的。人在经历了诸多磨难之后，会发现人生其实就像一个不断闯关的游戏，越闯越难，越闯越有瘾，越闯越精彩，只要坚持到最后，就是打通关的游戏赢家。有人说，机会永远在危险之中，当所有人都倒下了，你还能半跪着，机会就是你的。

>> 石稼先生说，逼迫就像一把双刃剑，如果你不能在其中很好地成长，它就会一直欺负和羞辱你，成为人生的灾难；如果你能顶得住，它就成为锻造你的熔炉，让你更强大更无懈可击。

过好当下每一天，就是人生最大的赢家

吃茶读闲书，听雨看花落。念从心头起，风从眼前过。

——老树

学会取悦自己，是人生该有的模样。

——石稼先生

过好当下和人生赢家是现在网络上和生活中的高频词，但语境却有很大差别：过好当下多是悟透人生后的从容与优雅，人生赢家多是人生跌宕起伏后的辉煌和自豪。将过好当下作为人生最大赢家的"定论"，无疑赋予了过好当下更多的生命意涵，也使人生赢家摒弃了功利攀比和浮夸之气，具有了普世的价值和意义。

之所以把每一天作为生命价值和意义的最基础单元和计量单位，是因为从日出而作到日落而息，正好经历了一个生命运动很短、很完整的周期。在这一周期中，人也最方便制订和总结自己的生命计划和执行情况。以一天为计量单位，就可以把一生分解为一周、一月、一年、几十年，少年、青年、壮年、中年和老年等。作家刘亮程在《永远欠一顿饭》中说："人是不可以敷衍自己的。"不敷衍自己，就应该从不敷衍自己的每一天开始，让每一天成为你获取有价值的东西或体现自身价值的人生起点和归宿，你不敷衍生活，生活也就不会敷衍你。

人一生的幸福密码，其实就藏在每个看似普通平常的一天中。我们既然不能穿越时空，从头再来，那么与其后悔、苦恼曾经的失误和遗憾，不如放下过去，去思考如何让一个又一个当下过得更精彩、更享受、更幸运。一个不懂得放下过去的人，很难过好现在，更接不住未来。

一位 90 岁老婆婆的故事在网上流传：她说自己人生最后悔的事情，就是在自己 60 岁的时候想学小提琴，但却觉得自己年纪太大而放弃了。如今已有 90 岁高龄的她，每每念及于此都会满腹自责："如果当时自己没有放弃，那到现在差不多演奏小提琴都有 30 年了！"

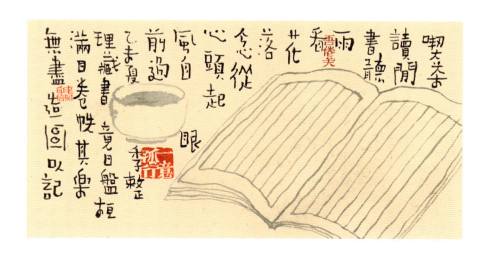

过好当下每一天如同天赋人权一样，是每个人都拥有的权利，也是打开人生精神困境的钥匙。因为当其与人生赢家结合在一起时，我们就会不再习惯性地顾影自怜、自怨自艾，也不再贬低自己、抱怨世界，人生旅途中的一些所谓的无奈与不甘、愁苦与不堪也就变得轻忽起来，没那么重要。而一些看似普通的东西，比如健康的身体、亲人的陪伴、家庭的和睦、稳定的生活等，都因其美好而与人生赢家紧密关联，并成为塑造尊严和自信的重要积淀。

如何过好每一天，一千个人有一千个答案。关键是看你想要什么，想成为什么样的人。每个人的生命观念和时间管理概念多不一样，甚至大相径庭，只要你找到适合自己的生活方式，认真对待生命中的每一天，你就是一个认真活着的人。正如英国诗人布莱克所说："一粒沙里见世界，一朵花里见天国，手掌盛住无限，一刹那便是永劫。"人生赢家，其实就定格在那个认真活着的一刹那。

>> 石稼先生说，我们在取悦这个世界的同时，也要学会取悦自己，人生的很多痛苦在于过度取悦别人和社会而迷失自己。人生赢家与财富、名利、地位毫无关系，只与你对自己的态度有关，只要认真过好每一天，你就是自己人生的最大赢家，这正是人生该有的模样。

千万别把自己逼进死胡同

活着不必抱怨，好好做个自己。你没亏欠别人，谁也没有欠你。

——老树

人生的辩证法在于既别把自己太当回事，也别把自己太不当回事，多数时候成功的秘诀是多把别人当回事，别太把自己当回事。

——石稼先生

民航总医院发生过一起恶性伤医事件，95 岁患者的儿子孙某因不满医院治疗持刀将一女医生杀害。孙某以孝之名逞一时之快，把自己逼到了绝境，面临的是法律的严惩。

《孙子兵法》中有句话叫"置之死地而后生"，意思是统帅在作战时要把军队布置在无法退却、只有战死的境地，这样官兵就会奋勇前进，杀敌取胜。其启示意义在于做事应该先断绝退路，这样就能下决心，取得成功。但多数时候，尤其是和平时期，陷入死地或走入死胡同而能后生或全身而退者凤毛麟角。尤其是在面对纷争复杂的社会乱象或险象环生的诱惑陷阱时，人是处于弱势或难以招架的劣势一方，最容易犯的失误就是逞一时之

能而将自己逼入死胡同。更可悲的是有的人自以为可以置之死地而后生，盲目自信，把一手好牌打烂。

一般而言，把自己逼进死胡同的人都有一些共性的性格特点，比如有的太要面子，为了一时的意气把事情做绝，不给别人留余地，自己也无路可退；有的太把自己当回事，事事以自我为中心，往往为了一点小事而大动肝火，让自己活得很累；有的太过执着，不懂变通，为了捍卫所谓的原则宁折不弯，甚至不惜一切代价，等等。

其实，这个世界哪有那么多伤及面子和违反原则的事，多数时候是自我设限，以此来确定自己在社会中的位置，并体现所谓的尊严和价值。而人一旦放弃了自己假定的位置，会发现很多事情并没有原来想象的那么严重和重要，也不是非要讨个说法不可。天无绝人之路、条条大路通罗马、退一步海阔天空等，说的都是放弃自我定位带来的通达和开阔，可惜很多人置身其中不能明白这个道理。

鬼谷子在《反应》篇中说："其与人也微，其见情也疾。如阴与阳，如阳与阴；如圆与方，如方与圆。未见形圆以道之，既见形方以事之。进退左右，以是司之。"人要懂得阴阳、方圆之间转化的道理，能知进退，"见形而事"，这样才能趋利避害，通过自我保全积蓄力量，以争取更好的时机。曾仕强先生说，"人生有得必有失，你要能知进退，不要把自己逼进死胡同"，说的就是做人做事要懂得圆融的道理。

很多时候人之所以会陷入四面楚歌的境地，就是因为太高估自己，以自我为中心去和这个世界打交道，只想让别人为自己开绿灯，不懂适者生存的道理。因自命不凡而受其祸的人比比皆是。罗振宇在 2019 年底主题为"时间的朋友"跨年演讲中，提到"结网能力""人连接人"，就是要在人与人的结网中找准自己的定位。既然单丝不成线、独木不成林，那么避免陷入绝境和死胡同的最安全、最可靠的办法，就是要让自己成为网络上的一个节点，而不是终点或核心。如古人所说："木秀于林，风必摧之；行高于人，众必非之。"

>> 石稼先生说，一个人如何把握和定位自己，决定了其人生结局。人生的辩证法在于既别把自己太当回事，也别把自己太不当回事，多数时候成功的秘诀是多把别人当回事，别太把自己当回事。地低成海，人低成王，古今中外都是这个道理。

过年了还有妈叫，就是人生一大幸事

梦中稻发新野，阡陌开着桃花。母亲伫立门口，等着游子回家。

——老树

如果你还有妈叫，那就春节回家过年吧，不要等到子欲养而亲不在时再后悔。

——石稼先生

回家过年与父母团聚是中华民族传承了几千年的历史文化传统。"有钱没钱，回家过年"，对于一个中国人而言，是天经地义的事，也是中国人的一种文化图腾和精神归宿。每到春节临近，就会看到一个极为壮观的景象：数以亿计的人，跨越千山万水，忍受路途拥挤不堪的艰辛和痛苦，只为回家过年，春运、抢票和回家难也就成了春节的特有标志。而所有的这一切，都与一个人有关，那就是妈妈。不管你承不承认，在我们每个人的灵魂深处，会感到有妈妈在"家"才不会消失，回家过年也才更有意义。

现代"年"的概念，晚于过年风俗。据词典《尔雅》"岁名"词条解释，"年"在唐尧时称为"载"，夏代称为"岁"，商代称为"祀"，一直到

夢中稻發新野
阡陌開着桃花
着桃花母親佇
之門口等着
遊子
里家

戊子冬
老青
先村

周代才称为"年"。为何过年时要回家？这与传说"年"是个恶兽有关。"年"长着4只角4只足，力大无比，在每年的除夕便会出来作祟。当时生产力低下，个人对付"年"的能力不足，于是全家人守在一起，人多力量大，等着"年"的来到，合力把"年"赶走。这个传说的可信度暂且不论，但家庭成员不管身处何方都要千方百计赶回来和父母一起过年，却成了浸淫在中国人血脉里的基因，不论时代如何变迁，都不曾改变。

中国有句古话，叫"父母在，不远游"。意思是只要有父母在，就不要到远方去，而要安安静静地守着自己的父母。《汉书·元帝纪》中说："安土重迁，黎民之性；骨肉相附，人情所愿也。"安土重迁故土难离，一直是我们中国人基因中的文化密码。不管是志在四方的好男儿，还是以身许国的大丈夫，无论走到哪里思念的都是慈母的手中线，而过年回到父母身边，无疑是春节团聚的最大动力和理由，也成为中国人年底永远的主题。

一首叫《妈在家就在》的歌唱哭了多少人，歌词这样写道：门前的老树还守在家门口/ 多少次妈妈你站在那树下头/ 一声声唤儿饭好了快回家/ 孩儿一辈子都记在心里头/ 每一次我要离家到外头/ 妈妈你送儿我送到那大门口/ 站在那树下向我挥着手/ 我一步一回头泪往心里流/ 妈在家就在家在根就在。

河南省民权县有这样一则新闻：一个107岁的母亲去参加一个婚礼，顺手拿了一包喜糖，到家后颤颤巍巍地把糖塞给了坐在旁边84岁的女儿，女儿接过糖笑得像个孩子。"妈在家就在，家在根就在"，道出了中国人特有的家庭观。已为人父人母的人都有这样的体会：妈在哪里家就在哪里，有妈的故乡才是家园，没有妈的新年不是团圆。

有妈妈在，我们永远都是孩子。俗话说"家有一老，如有一宝"，对每一个已为人父人母和步入不惑之年的人而言，春节回家还有妈妈叫，都是人生最大的福报。

>> 石稼先生说，中华民族历来重视家庭，天下之本在国，国之本在家，家之本在妈。无论是生活家园还是精神家园，妈都是这个家园的精神共主和最终归宿。如果你还有妈叫，那就这个春节回家过年吧！不要等到子欲养而亲不在时再后悔。

后　记

时当仲夏，万物并秀。《风花雪阅》一书，历时三个寒暑，现在与读者见面了。

本书在编辑过程中，相关专家学者给予了热情支持：序言撰文由锦绣麒麟传媒公司创办人兼董事长杨锦麟先生执笔，封面书名请中央财经大学王强教授题写，书稿校雠特约中国作家出版集团《中国当代文学研究》编辑部刘祥玺同仁完成。在此一并敬申谢忱。